JN069548

さくなげの花の上に高く舞ふ

佐佐木信綱の短歌をたどる

森谷 佳子
MORIYA Yoshiko

文芸社

まえがき

佐佐木信綱は、明治五年、東海道石薬師宿（三重県鈴鹿市）の街道筋の家に生まれた。父は全国に名を知られた歌人、国学者の佐々木弘綱で、四十五歳で生まれた男子信綱に自らの志を継がせる望みをかけ、英才教育を施した。信綱は父の期待に違《たが》わず、歌人として国文学者として文献学者として、幅広く多大な業績を残すこととなる。

歌人としては明治三十一年、竹柏会を主宰し、「心の花」を創刊、多くの門人を育てた。自身も十四冊の歌集を残している。国文学者としては、『万葉集』をはじめとする古典の研究に一身を捧げた。なかでも『校本萬葉集』を刊行して、万葉集研究の基礎を築いたことは特筆される。また全国を隈なく歩いて、古文献の探索も行った。「夏は来ぬ」をはじめとしてたくさんの唱歌を作詞し、全国の百二十以上の学校の校歌を作詞してもいる。

私は二〇一四年、佐佐木信綱顕彰会の元会長加藤正美氏のお誘いを受けて顕彰会のホームページに「今週の短歌（後に「今月の短歌」）」を連載することになった。

まずは、『佐佐木信綱　作歌八十二年』（以下『作歌八十二年』という）という本を手元に置いて、それを手掛かりに書き始めた。『作歌八十二年』は、信綱の自伝的三部作の一つとされ、自作の短歌をはさみ込んで編年体で人生を語るという、いわば『伊勢物語』に始まる歌語りの手法で書かれている。他の二冊は『ある老歌人の思ひ出』と『明治大正昭和の人々』で、前者は自身の生い立ちから書き起こし、思い出に残る人々のことや旅した土地のことが書かれ、後者は交流のあった多くの人々のことが人物別に書かれている。信綱は実に多くの人々、著名な文学者のみならずあらゆる層の文化人と交流し、また日本の多くの地を、文献発掘や人と出会うために旅している。『作歌八十二年』は、昭和三十四年、信綱八十八歳のときの著作である。すなわち、信綱が初めて短歌を作ったのは六歳のときのことで、それから八十二年が経った年に書かれたものであった。

私は、四十数年前に石薬師町に移り住み、短歌を少し嗜んでいた縁で執筆を勧められたのだが、信綱のことは石薬師出身の著名人として知っていたにすぎず、幼いころから「信綱さん」と呼んで親しんでいた土地の人々とは違い、特に親近感を持っていたわけでもなかった。ホームページに書いた文章は、必要に応じて調べ調べしながらやっと書いた不十分な内容であった。しかし、書き続けるうちに、信綱という人格とその業績をより知るようになり、信綱に敬意と親しみを抱くようになったのは当然のことであった。そして、もともと書くことが好きであった私は、信綱の歌を鑑賞することを通して、いつしか私自身を語っていたと思う。信綱の歌を、先人の解釈を参考にしながら自分なりに読み解く、そして時に信綱が歌を詠んだゆかりの地を訪ねる、ということが楽しくなった。

まえがき

書き始めて八年が経過した。今回、今までに書き溜めた「今月の短歌」に少し手を加え、テーマ別に並べ替え、まとめてみた。おこがましい言い方であるが、私の、敬愛する信綱との記念として、この本を上梓する。

目次

むらさき深しわが鈴鹿嶺は——ふるさとを詠む

正月の五日の昼の真すみ空むらさき深しわが鈴鹿嶺は　『椎木』

佐佐木信綱は故里《ふるさと》をこよなく愛した人であった。孫の幸綱氏の信綱を詠んだ歌碑が鈴鹿市石薬師町の佐佐木家の菩提寺である浄福寺にあるが、その歌には「しゃくなげを愛し短歌をすずか嶺を愛し石薬師を愛したる人」と書かれている。

信綱は、五歳で故里鈴鹿を離れて松阪に遷《うつ》り、十歳で上京したが、後年石薬師にはたびたび墓参し、小学生に講話をしたり、記念品を渡したり、小学校の近くに石薬師文庫を寄贈したりした。掲出の歌は、昭和十年信綱六十二歳の詠である。『佐佐木信綱　作歌八十二年』に「一月　伊勢、京阪に赴いた」とある。久しぶりに鈴鹿の山を見て、実景をそのまま詠んだものであろう。

旧東海道の石薬師宿の信綱の生家のある辺りの南側を、西から東に向かって浪瀬川《なみせがわ》という川が流れている。筆者はよくそのほとりを散歩するが、幼い信綱が近所の守役の爺やに背負われて歩いたこともあったのではないかと思う。そこから遥かに鈴鹿嶺を望むことができる。川の両岸の段丘には、畑や田圃《たんぼ》が広がっていて、川沿いに立ち並ぶ電柱を除けば、信綱が百年以上前に見た景色とほとんど変わらぬ景色ではないだろうか。冬には、冷たい空気の中にしずもる鈴鹿嶺が、まさにやわらかなむらさきを帯びてみえる。

結句の「わが鈴鹿嶺は」に、信綱の鈴鹿の山への愛着が込められている。幼くして故里を離れた信綱にとっては、鈴鹿の山並みは故里の象徴のようなものだったのだろう。故里といえば、石薬師の生家の裏の畑から見た鈴鹿の山並みが思い浮かんだであろう。父に叱られては裏の畑に行って鈴鹿嶺を眺め、寂しくなるとその茶畑のほとりで泣いたのである。

鈴鹿嶺を詠んだ歌は多い。父との思い出にかさなる鈴鹿嶺、郷愁をさそう秋の鈴鹿嶺、雪をいただいた冬の鈴鹿嶺……。次に雪の鈴鹿嶺を詠んだ歌二首を挙げておく。ともに昭和三十五年、信綱八十九歳の時の詠で、実際に鈴鹿嶺を見て詠んだものではない。晩年に住んだ熱海の地から、眼裏《まなうら》に映る幼い日に見た雪の鈴鹿嶺を想って詠んだのだ。

初日いまかゞよひてあらむ故郷は鈴鹿山脈《なみ》の山ひだの雪に

古里は幼な目にのこる鈴鹿山山ひだの雪かすみてあらむ

（二首とも『老松』より）

なお、『椎の木』『老松』など、歌集の歌は『佐佐木信綱全歌集』より採った。以下すべて同じである。

伊吹より越路につづく雪の山湖《うみ》紺碧に朝を晴れたり

『豊旗雲』

「湖畔の冬」と題する歌で、琵琶湖の畔《ほとり》、坂本から遥かな山並みと湖《うみ》を遠望した雄大な景を詠んでいる。

「越路」とは越の国への道で、今の北陸道を指す。坂本から北東を望めば、琵琶湖の向こうに若狭、越前、加賀などの山々が見えるはずである。目に見えるだけの遠景をまず上句に詠み、視線を移して眼前の琵琶湖の美しさを下句に詠《うた》う、すべての景色が晴れ上がった空のもとにある。絶景である。

『作歌八十二年』の昭和三年五十七歳の項に、「一月三日の夜に東京駅を出て、九日の朝に帰ってきた。かかなべて七日の間に、京都、坂本、恭仁《くに》、奈良、四日市、若松、名古屋の七処を訪うた」とある。「かかなべて」とは『古事記』にあるヤマトタケルの逸話で、連歌の起源として有名な筑波《つくば》の道の「かがなべて夜には九夜　日には十日を」の伝である。日を並べて七日の間に七カ所を訪ねたというのだ。当時の交通事情を思うと随分な強行軍だ。各地で貴重な資料を見、旧知の人々に会い、多くの歌を詠んでいる。掲出歌の後に「坂本よりの帰さ」という題の歌を詠んでいる。

正月の六日の昼の湖の色青々としてうかぶ島なし

この歌に「六日の昼」と日付が見えるから、掲出歌を詠んだのはおそらく六日の朝であろう。そこで、筆者もあわよくば信綱と同じ眺望を得ようと、一月五日に、「曇り後晴れ」という天気予報を頼みに坂本へ出かけた。草津線から湖西線に乗り継ぎ、坂本に着いたのは昼前だった。見上げると青空は三分の一ほどしか見えない。信綱はどこから掲出歌の景を得たのだろう。観光案内所があったので尋ねてみた。

「伊吹山の見えるところですか？　建物がたくさん建っていますから、難しいですね。日吉神社の上の八王子山に登ったらどうかと思いますが、雪が積もっていますし」

「ケーブルカーはどうですか？」

「さあ……、一応見えると謳《うた》ってはいますが」

とにかくケーブルカーの乗り場へ急いだ。

「秋冬の晴天時には伊吹山から御嶽山、白山まで見えます」という車内のアナウンスがあったが、今日は晴天とは言い難い。湖面もその向こうも一面に淡い薄墨色で、その中に三上山（近江富士）だけがぼんやりと影を見分けられる。

ケーブルカーの延暦寺駅で係員に聞くと、「朝の方がよく見えます」と言う。昼になると湖面から水蒸気が昇るので、視界が悪くなると。なるほど、知らないということはだめなものである。確かに、信綱の歌は「朝を晴れたり」とある。もっとも「六日」の歌に「昼の湖の色青々として」とあるが、今見る湖は白っぽく霞《かす》んでいる。日吉神社の茶店の老人に聞くと、「湖岸なら見えるかもしれません」と言う。なるほど、高いところとばかり思っていたが、遠い山なら平地からも見えるわけだ。そして湖岸なら邪魔する建物や木々もない。むむむ……。信綱はどこから見たのだろう。そして掲出歌の景を得たのは、天の導きか、計算したような晴天の日だった。坂本に泊まって、翌朝に詠んだのは間違いないだろう。

ついに見られなかった雪を頂いた遥かな山々と紺碧の湖の美しさが、私の頭を離れない。帰りの電車の中で、あの歌は実景ではないのかもしれない、信綱の理想の景を詠い上げたのではないか、とちらっと思った。

道とへばふるさと人はねもころなり光太夫の碑に案内《あない》せむといふ　『鶯』

これも昭和三年の関西歴訪の時、鈴鹿市の伊勢若松で詠んだ歌である。「信綱かるた」の二十四番目に収められている。「信綱かるた」とは、佐佐木信綱顕彰会で、信綱の短歌から五十首を選び、ボランティアの方々が手づくりした歌かるたである。地元の小学校では、これを使ったかるた大会が盛んに行われている。

「ねもころ」は「懇ろ」で、親切で心が籠もっていること。信綱が伊勢若松駅で降りて、鈴鹿市若松にある大黒屋光太夫の碑への道を尋ねたところ、土地の人がそこまで案内しようと言ったというのである。

大黒屋光太夫は、一九六八年に刊行された井上靖の小説『おろしや国酔夢譚』で有名になったが、江戸後期の伊勢国白子の廻船の船頭の名である。天明二年（一七八二）、千石船「神昌丸」で十六人の乗組員と共に白子港を出発した光太夫らは、江戸へ向かう途中で嵐に遭った。七カ月余の漂流の後にアリューシャン列島に漂着し、想像を絶する苦難を乗り越えて、カムチャツカ半島からイルクーツクにたどり着き、帰国を願い出るために、さらに光太夫はそこで知り合ったラクスマンと二人でペテルブルクまで行き、ついにエカテリーナ二世に謁見し、帰国の許可を得て、ラクスマンの息子と共に根室に至る。漂着から十年が経っていた。十七人いた乗組員は三人になっていたが、そのうちの小市は根室で病死し、江戸に帰着したのは光太夫と磯吉の二人であった。

一九一四年、信綱とも親交があった新村出《しんむらいずる》が、学者として初めて光太夫を紹介し、一九一六年には地元に記念の石碑「開国曙光の碑」が新村出撰文により建てられ、顕彰の機運が盛り上がった。この碑は人の背丈を超える大きなもので、光太夫らの事績が詳しく刻まれていた。信綱が若松を訪れたのは、それから十年ほど経った時で、おそらく信綱は友人である新村出を通じて光太夫のことは詳しく知っていただろう。

筆者は、鈴鹿市若松の「大黒屋光太夫記念館」を訪れて、町内の二カ所の「曙光碑」と、光太夫らが消息を絶って二年目に建てられた墓碑「供養碑」を巡ったが、江戸時代は廻船の拠点であり、漁師町でもあるこの地は、曲がりくねった路地が入り組んでいて、確かに初めて訪れた者は、道を問わなければわからない。だから土地の人が案内しようと言ったのもうべなるかな、である。信綱は、自らのふるさとに近いこの土地の人々の親切なことを嬉しく思ったであろうし、この地に親友新村出の撰文した碑を見て、感慨深かったであろう。

この地は台風の通り道にあたっていて、信綱が見た初代の「開国曙光碑」は台風による倒壊・折損に遭い、その現存する上部一・五メートルほどが、二〇〇五年に開館した「大黒屋光太夫記念館」前に設置されている。二基目の碑もまた台風の被害を受け、現在は三基目の碑が若松市民センターの敷地内に設置されていて、碑文のほぼ全部を読むことができる。

ますらをの其名止むる蒲桜更にかをらむ八千年の春に

石薬師寺門前　蒲桜脇歌碑

石薬師寺の門前近くに「蒲桜《がまざくら》」と呼ばれる桜がある。伝承によれば、寿永三年（一一八四）に源頼朝の弟範頼《のりより》が平家追討のため西へ向かう途中、石薬師寺に詣でて戦勝祈願をし、持っていた桜の枝の鞭を逆さにして地に挿し、願いが叶うならば、この桜根付け、と言って去った。願いは叶い、その桜が根付いて成長したのが「蒲桜」であるという。範頼は頼朝の異母弟で、遠江国蒲御厨《かばのみくりや》で成長したので「蒲冠者《かばのかじゃ》」と呼ばれたことにより「蒲桜」という。

この桜は三重県の天然記念物に指定されていて、樹齢八百年と言われるが定かではない。同じように範頼のゆかりで、埼玉県北本市の石戸宿に「石戸蒲桜《かばざくら》」があるが、この桜との関係はわかっていない。

掲出歌の「ますらを」とは範頼を指し、歌意は、蒲冠者範頼の名を留める蒲桜は、この後も長く、春になれば美しく咲くだろう、というのである。

さて、範頼は石薬師寺で祈願した後、おそらくは、先に西上していた義経と合流し、勢田で義仲を討ち、一の谷では、義経が鵯越《ひよどりごえ》で攻める一方、範頼は大手軍を率いて戦いを勝利に導いた。しかし、二人の末路は、義経は頼朝により討たれ、範頼も建久四年（一一九三）、謀反の疑いで伊豆国へ流された。その後、石戸宿に逃れて隠れ住んだという説があり、石戸宿の「蒲桜」の伝承につながるのである。

ところで、ゴッホの描いた「タンギー爺さんの肖像」という絵の背景に、複数の浮世絵が描かれていることはよく知られているが、その中に石薬師宿の蒲桜が描かれている。その元になった広重の「竪絵五十三次名所図会」の石薬師の桜の絵には「義経さくら」と書かれていて、「蒲桜」ではないのは不思議なことだ。

ふるさとのわが伊勢のうみ海の上《へ》を十六夜《いざよひ》の月のぼりけらずや

折本『鈴鹿行』

信綱は昭和二十五年十月、父弘綱の六十年記念祭に出席するために、秘書村田邦夫を伴って故里の地を訪れた。七十九歳の時である。これが最後の故里訪問となった。

十月二十四日に熱海を出立、名古屋から若松に至り、大黒屋光太夫の碑を見て旧知の伊坂邸に宿る。翌日は石薬師小学校の講堂で碑前祭に参列したあと、講話。子どものころ庭から眺めた鞠《まり》が野、万葉集ゆかりの「山辺《やまのへ》の御井《みゐ》」などを巡り、神戸《かんべ》高校での講話、魚半楼にて宴会の後宿泊。二十六日には四日市に移動し、ゆかりの各地を巡って、四日市高校での講話、と精力的に日程をこなし、富田浜《とみだはま》の汀聴庵《ていちょうあん》に宿った。

旅を終えた後、その行程を短歌七十余首とともに歌日記風に綴った折本『鈴鹿行』を作り、故里の行く先々で出会った人々や世話になった人々に贈った。『鈴鹿行』の最後には、富田浜の海岸を散策した時の感興を詠んだ連作「月の富田浜　九首」がある。その冒頭の歌が掲出歌である。

昭和二十五年当時の富田浜は白砂青松の美しい海岸であった。昭和三十四年の伊勢湾台風の後、コンクリートの堤防が出来、さらに名四国道が通り、四十年代のコンビナート建設とともに完全に姿を消してしまったが、それまでは名古屋から保養客や海水浴客が訪れる風光明媚な美しい浜辺であった。信綱が訪れた時は、富田浜が最後の光芒を放っていた時であったろう。

ところで、その時信綱が泊まった汀聴庵を訪ねて筆者は富田浜を歩いてみたが、その痕跡は杳《よう》として知れない。古い由緒ありげな邸宅が建っていて、海抜三メートルという表示があり、信綱が海辺を逍遥《しょうよう》したのはこの辺りに違いないと思うのだが、古い絵地図を見ても旅館はいくつかあるものの「汀聴庵」という名は見えない。どこかの旅館の離れの呼び名ででもあったのだろうか。

歌は、「うみ」と「海」を繰り返し、ゆったりとした調べで、結句「のぼりけらずや」の古雅な詠歎《えいたん》につながる。故里での過密な日程をこなし、海辺の地でゆったりくつろいだのであろう。この日は陰暦の九月十六日、月も信綱の故里来訪を歓迎したのである。美しい十六夜《いざよい》の月の下、海辺の風景に心を遊ばせている信綱がいる。

夏知らぬ尾高高原ゆきゆくとほすすき風に朝明川しろし

尾高観音参道入口歌碑

尾高高原は、鈴鹿山脈の麓、菰野町《こものちょう》にある高原である。尾高高原への登り口の一つに尾高観音があり、その参道の入り口にある歌碑に刻まれた歌である。

夏のはじめに尾高観音を訪れた。参道の入り口は、土塁を斜めに切るようにして作られていた。中世仏教文化の栄えた地であったが、信長の伊勢侵攻によって破壊されたという。樹齢三百年と言われる檜《ひのき》の続くゆるやかな坂道を登り切った先には六角堂がある。

明るい夏木立の中、参道の入り口の左脇の樹陰のなかに、信綱の歌碑は涼しげに建っていた。伸びあがるような美しいフォルムの瀟洒《しょうしゃ》な碑である。足元を見ると、石組みなどがあり、荒れ果てているが、日本庭園風にしつらえてあったことがわかる。

信綱の筆にしては読みやすい字だな、と思って近づくと、「川田順謹書」とある。信綱の門人の筆であった。碑背に回ってみると、「昭和四十年十二月建之　尾高観光協会」とある。信綱の死後に建てられたものだった。

「夏しらぬ」とは、夏とは思われない、ということであり、夏でもすすきの穂が見えるほどの涼しさであったということか。尾高高原の最高点尾高山は標高五百三十三メートルだから、夏でもかなり涼しかったのであろう。その尾高高原から朝明《あさけ》川の白い川面が見えたのだろうか。筆者が尾高山から見下ろした時は、朝明川の両岸は丈の高い草が生い茂っているようで川面は見えなかった。この歌はその内容から信綱が実際に尾高高原に登って詠んだものだと思われる。信綱が尾高高原をいつ訪れ、いつこの歌を詠んだのかがわからない。

ずしんとつよき音たて発車する関西線の駅のはつ夏

『瀬の音』

信綱には初句が四音の歌が少なくないが、この歌など「ずしんと」の四音のあと一呼吸して後を読むと、いかにも機関車がゆっくりと動き出す感じがする。関西線は筆者も時に利用するが、この歌を口ずさむと、その関西線の旅、車窓の里山らしい風景などが思い浮かぶ。当時は蒸気機関車だっただろうが、関西線は今も亀山から加茂までは電化されておらず、ディーゼル機関車のごとんごとんという音が懐かしい雰囲気を醸す。

この歌はいつごろ詠まれたのだろうか。信綱は、五十歳を越えたころから頻繁に伊勢、奈良、関西方面に旅をしている。歌集『瀬の音』のこの歌の前に「ポトマクの水」という詞書《ことばがき》の付された一連の歌が置かれている。この歌は、アメリカのバーネット夫人が、河畔に桜の咲くポトマック川の水を瓶に入れて送ってきた、その水で書いた歌だということだが、それは昭和十三年の五月のことだから、掲出歌は、おそらくその後の六月に大和の各地を巡った時の詠であろう。信綱六十七歳、今から八十年ほど前だ。万緑が匂うような季節である。

「関西線の駅」とはどこの駅かわからないが、その「はつ夏」の風景は、おそらくこの時信綱が見た風景と今もあまり変わっていないのではないだろうか。

まりが野に遊びし童――おさなき日

切《せち》に恋し木の名鳥の名とひ聞きつつ旅のみ伴せしいとけなき頃

『佐佐木信綱　作歌八十二年』

『作歌八十二年』の大正九年四十九歳の項に「六月　先考三十年記念会を、東京大学法学部大講堂に開いた」とあり、五首の歌が載っている中の一首である。

「先考」とは、父、弘綱のことであり、没後三十年の記念会に父を偲び、父に導かれた自らの来し方に思いを馳せて詠んだ五首の中で、この歌は父と子の絆が胸に迫る一首である。

『作歌八十二年』の九歳の項に、「父と共に一日二日の旅にゆくと、どこでもそのところどころの歴史や伝説、草や木や鳥や虫の名を教えられ」とあり、「父との同行はこの上ない喜びであった」とある。弘綱はそうして幼い信綱を自然に親しませ、旅先で歌にゆかりのある人々と交流して、信綱の歌心を育んだ。

木の名、鳥の名などを知ることは心躍ることだ。名を知ることによって、今まで気にとめなかった木や鳥が身近なものになる。名を知らねば歌にも詠めないが、名を知ればこそ歌に詠みたくもなる。名を知る、とは何と不思議な素敵なことだろう。

その幼いころの父との旅が、四十九歳の信綱に「切に恋し」、切ないほどに恋しく思い出される、というのだ。それはまた信綱の人生の原点ともいうべき尊い思い出であったのだろう。

まりが野に遊びし童今し斯《か》く翁さびて来つ野の草は知るや

折本『鈴鹿行』

昭和二十五年十月の鈴鹿行の際に詠まれた歌である。信綱七十九歳、最後のふるさと詣でであった。石薬師小学校で父弘綱の六十年記念の碑前祭に参列したあと、小学校の講堂で講演し、その後、鞠が野に遊んで詠んだ歌である。

意味は、鞠が野に遊んだ幼い子どもが今このように老人になって戻ってきたのを、野の草はわかるだろうか。「翁《おきな》さぶ」とは、老人らしくなる、という意味で、見た目がすっかり老人のようになってしまった、ということである。昔と変わらぬ野の草は、どうだろうか、自分がわかるだろうか、と詠む。

現在も鞠が野という地名があるが、当時の鞠が野は、現在のそれよりは広い範囲を指していたようだ。旧東海道沿いに信綱の生家があるが、当時そこから西の方を望むと、滋賀県境の鈴鹿山脈の山並みまで見通せて、人家はほとんどなく、秋には一面薄の原となったという。その広い野を指したと思われる。すなわち、信綱の幼時の思い出によく出てくる裏の茶畑、桐畑から見える景色がそうであった。次の歌は、前二首は同じ『鈴鹿行』に、三首目は歌集『鶯』に掲載されている。


鈴鹿嶺をはろかに望む裏畑は茶ばたけの廻《まはり》に桐の木がありし

よわ虫の泣虫の子は日の暮を桐の木のもとに泣きてゐたりし

夕されば近江境の山みつつ桐畑の隅によく泣きゐしか

幼い日の信綱の姿を髣髴《ほうふつ》させる。信綱は父に英才教育を授けられ、近所の子どもたちとも遊ばない寂しい泣き虫の子どもであったか。

『ある老歌人の思ひ出』の「幼時」というところに、次のように書かれている。

近くに、清十郎といふ出入の老爺《ちいや》がゐて、自分を肩車に乗せたり、手を引いたりして、あちこちへ遊びにつれていつてくれた。近くは石薬師寺から山邊の御井、國分寺の趾、鞠が野など。遠くは三重の采女が出たと傳へられる采女村にまで連れて行つて、その地の昔話をいろ〳〵聴かせてくれた。これもずつと後になつて、清十郎がどうして萬葉集の歌や雄略記の長歌を知つてをつたか、と不思議で、父に尋ねた。父は笑つて、「あれは信《のぶ》を連れて遊びに出る前に、いつもくはしく教へておいたのだよ」と、種明かしをしてくれた。かういふ父の周到な指導のもとに、自分は幼い時から歌の中に生活させられたのであつた。五歳《いつつ》ごろから、萬葉以来近世までの名歌の暗誦や、御歴代の謚號の暗記を授けられた。それは七十餘年後の脳裏に、まだはつきりと残つてをる。

現在、植木の里として知られている鞠が野の鞠鹿野寺《まりがのじ》のほとりに、信綱の孫である幸綱氏の揮毫《きごう》になるこの歌の碑が建てられている。その隣には「夏は来ぬ」の碑もある。

わかの浦に老をやしなふあしたづは雲のうへをもよそに見るかな

佐佐木弘綱　浄福寺門前の碑

信綱の生家に近い浄福寺の門前に、信綱の父弘綱の記念碑が立っている。弘綱の生涯について、佐佐木信綱顕彰会のホームページから引く。


信綱の父・佐々木弘綱は、文政十一年（一八二八）、伊勢国鈴鹿郡石薬師駅（現鈴鹿市石薬師町）に生れた。父を徳綱、母を鳰子という。

幼時より学問を好む。十四歳ではじめて歌を学び、十九歳で伊勢山田足代弘訓の門に入り、留学すること数年、足代翁の死後、江戸に出て歌学を井上文雄に学ぶ。帰郷後、石薬師代官多羅尾純門の師となり、また津の藩主藤堂高猷に歌文を講ずる。

維新の後諸国を歴遊し、明治十年松阪に住居を移し鈴屋社の衰頽を振起した。

明治十五年住居を東京に移し、東京大学文学部古典科、東京師範学校の講師となった。

明治十八年冬、病のために講師を辞し著述と門弟の指導に専心した。

明治二十五年（一八九一）五月、病勢強まるも日々筆を放さなかったが、終に六月二十五日に没した。享年六十四。


この父に信綱は英才教育を授けられたのである。その死の十六年後、明治四十一年、佐佐木家の菩提寺浄福寺門前に弘綱の記念碑が建立され、三十六歳の信綱はその除幕式に出席した。以後毎年「碑前祭」が執り行われ、信綱が亡くなるまで続いた。信綱の没後は、「信綱祭」に更められたのである。さらに昭和四十五年には、移築されていた信綱の生家がもどり、「佐佐木信綱記念館」として開館した。その後昭和六十一年には、生家の隣に「佐佐木信綱資料館」が完成した。

ところで、父弘綱までは「佐々木」姓であったが、信綱以後は「佐佐木」と名乗るようになったのは、信綱の明治三十六年の南清行の時、中国には踊り字（々）がないことを知って、改めたのである。

さて、『ある老歌人の思ひ出』の「わが父」に信綱はこう書いている。「維新後、父は、伊勢の地で老いようと思い定め、かなりの家をも新築して、悠々たる学究と作歌の生活に入つてをつた。その心境は、次の二首が端的に示してをる」

そして掲出の歌ともう一首次の歌を挙げている。

和歌の浦にわれだに一人のこらずば朽ちはてなまし玉拾ふ舟

直訳すると、和歌の浦に私一人さえも残らなかったならば、玉を拾う舟は朽ち果ててしまうだろう。「浦」とはここでは伊勢の地を指し、「玉」とは優れた歌、歌人の譬《たと》えであろうか。「玉拾ふ舟」で、伊勢の地の歌壇を指すか。つまり自分は伊勢の地に残って、伊勢の歌壇の隆盛に尽くそうというのであろう。

これらの歌は、『万葉集』の山部赤人の次の歌を下敷きにしていると思われる。

若の浦に潮満ち来れば潟をなみ葦辺《あしへ》をさして鶴《たづ》鳴き渡る　（巻六・九一九）

山部赤人が聖武天皇に随行して和歌の浦（古くは「若の浦」）に至って、その光景を詠んだものである。若の浦に潮が満ちてくると、干潟がなくなるので、葦の生える辺りを目ざして鶴が鳴き渡っていくよ、という意味である。

掲出歌の「わかの浦」の「わか」は、赤人の歌の「若の浦」の「若」と「和歌」が懸けられている。「あしたづ」は鶴のこと。「雲のうへ」とは古くは宮中を指し、ここでは地方に対して中央の学界や歌壇を指す。弘綱は自分を老いた鶴になぞらえて、「自分は若（和歌）の浦で、老いた身を養いつつ和歌を民間に広めて暮らすよ、上京などは考えずに」と、地方の歌壇を守ってゆく決意を詠ったのである。しかしその後、子息信綱の才能を認め、その教育と将来のために東京に出るのである。

その父を懐かしんで、記念碑建立三十年の碑前祭で、六十五歳の信綱は次の歌を詠んだ。

いしぶみのみまへに立てばわが心幼きにかへり父のこほしさ　（『瀬の音』）

ゆるぎけむ白嶺《しらね》おろしにいざいざと吹き立てられて君も来つらむ

橘《たちばなのあけみ》　曙覧『志濃夫廼舎《しのぶのや》歌集』

橘曙覧は江戸末期の越前の歌人であり、信綱は彼の歌を高く評価している。信綱によれば、曙覧は二十五歳で商家の家業を弟に譲り「窮乏の中にいながら、生涯、詠歌を事とした」(佐佐木信綱『短歌入門』)。その後、明治時代になって正岡子規が紹介して以来、橘曙覧は歌人として世に知られるようになった。

信綱の自伝的著書『ある老歌人の思ひ出』によれば、明治十三年三月、信綱九歳(満年齢では七歳)の時に、父に伴って越前に旅し、橘曙覧の門人川津直人翁から直接曙覧の歌集『志濃夫廼舎歌集』をもらったとある。曙覧が没して十二年後のことである。

さて、二〇一七年は、白山開山千三百年という記念の年で、越前・加賀・美濃の白山禅定道(白山信仰の登山道)のある地ではさまざまな記念行事が催された。筆者も十一月に出かけたが、福井県立歴史博物館の展示の序章「うたと物語にみえる『白山』」で、冒頭に紹介されていたのが、地元の歌人、橘曙覧のこの歌であった。

『志濃夫廼舎歌集』を見ると、この歌には詞書があって、「大野人布川正興、やよひばかり訪《とぶ》らひく、その見せける白山百首の中なる歌によりて」とある。大野の人、布川正興が三月のころ訪ねて来て、彼が見せた白山百首の中の歌によって、この歌を詠んだ、ということである。いわゆる挨拶歌である。歌の意味は「山をゆるがして吹き下ろしたであろう白嶺おろしに、さあさあと促されるようにして、君も私のところへやってきたのであろう」くらいか。

その大野の人布川正興（後に改名して正沖）に、信綱は父との越前の旅で、直接会っている。信綱の『ある老歌人の思ひ出』によれば、信綱父子は招かれて、この人の家に泊まっているのだ。正沖は「中嶌廣足の門人で、後、父に歌文を問うたのであった。白山百吟を初め著書のある人であった」と信綱は書くが、おそらく正沖は曙覧の弟子でもあったのだろう。「白山百首」は信綱の言う「白山百吟」と同じであろう。

この布川正沖の家に泊まった時の、興味深い逸話を、信綱は書いている。

同家滞在中の忘られぬ出来事は、ある夜、父に歌を見てもらはうと思うた際、父と主人との碁がはじまつたので、自分が腹を立てゝ盤の片隅の石を少しくづしたに、主人が大いに怒つたので、父からなぐられたことであつた。自分が父からなぐられたのは、たゞ此の一度のみであるが、我がまゝ兒で育つた自分には、生涯のよい教訓であつた。

さて、福井県立歴史博物館の展示には、『古今和歌集』にみえる次の歌も紹介されていた。

君がゆく越の白山知らねども雪のまにまに跡はたづねむ　藤原兼輔

思ひやる越の白山しらねども一夜も夢に越えぬ夜ぞなき　紀貫之

歌中の「白山」はいずれも「しらやま」と読む。古くはそう読まれていたようだ。これら『古今和歌集』の著名な歌人たちは、自分の目で「越の白山」を見たことはなく、右の二首の歌のなかの「白山」という言葉は、「知《し》らねども」の「しら」の音《おん》を導き出すための序詞のように用いられている。しかし、橘曙覧の歌は、実際に白山の見える土地に生まれ、白山を体で感じて詠まれたのがわかる。

白山は標高二千七百メートル、富士山、立山とともに、日本三霊山とされる雄大な山であるが、越前の、たとえば勝山市辺りから遠望すると、女性的な美しい山に見える。白いなだらかな稜線を横長に見せて、見方によっては横たわった女性の肌の起伏を思わせる。千三百年前、白山を開いた泰澄大師が、少年のころから白山に憧れ、壮年に至って女神を観じたというのがわかるような気がする。

信綱は曙覧の歌は万葉風であると評しているが、わかりやすい歌が多い。有名なのは「独楽吟」と呼ばれる「たのしみは」で始まる歌群である。その中から三首挙げておく。

たのしみは朝おきいでゝ昨日まで無《なか》りし花の咲ける見る時

たのしみはまれに魚煮て兒等《こら》皆がうましうましといひて食ふ時

たのしみは心をおかぬ友どちと笑ひかたりて腹をよるとき

赤貧の中で、家族との、あるいは友との日常のささやかな楽しみをしみじみと味わうという曙覧の生き方がうかがえる。

我が行くは憶良の家にあらじか──山上憶良を憶う

我が行くは憶良の家にあらじかとふと思ひけり春日《かすが》の月夜　『新月』

梅花《ばいか》の宴憶良の大夫が下《しも》つ座《くら》に佐氏《さし》信綱のまじり得ばとおもふ　『瀬の音』

信綱には「山上憶良」が登場する歌が多い。これらの歌は、四十歳前後（一首目）と六十歳代（二首目）に詠まれたもので、ともに憶良に憧れて憶良のいる世界に入り込んでいるような歌だ。

一首目は、奈良での歌である。おそらくは梅の匂う月夜、信綱はあるいはほろ酔い気分で歩いていたのかもしれない。今自分が向かっているのは憶良の家ではあるまいか、とふと思った、というのである。そんな錯覚を起こす春の月夜であった。

二首目は、「太宰府を望み見つつ」という題がついている。大宰府といえば平安時代の菅原道真の左遷の故事による「飛梅」が有名であるが、それより前の奈良時代、神亀三年（七二六）には山上憶良が筑前守《ちくぜんのかみ》に任ぜられ、その二年後に大宰帥《だざいのそち》として着任した大伴旅人と共に、やがて筑紫歌壇を形成した。

「梅花」は奈良時代以前に中国から伝来したと言われ、万葉人に好まれた。大宰府でも官人たちが集まって梅花の宴を催したという。憶良の有名な「憶良らは今は罷らむ子泣くらむそれその母も吾を待つらむぞ」という歌も、そのような宴会を辞する時の座興の歌だったかもしれない。そのような宴会の席の憶良の下座に、私佐佐木信綱も交じることができたらいいのにと思う、というほどの意味である。

二首とも幻想的で、信綱の憶良への強い憧れがそんな幻想を生み、こんな歌を詠みだしたのであろう。

月しろきあしびが原をゆきゆけど古へ人は逢はずもあるか　『鶯』

酔歩蹌踉山上憶良いゆくあとにそひゆく道の卯の花月夜《づくよ》

これらも、信綱が敬愛する山上憶良に自分を重ねて詠んだ歌であろう。万葉人と信綱が時代を越えて交錯するようである。

一首目。五十九歳の四月、奈良に出かけた折、「あしび（馬酔木）」の咲く野原を歩きながら、いにしえの万葉びとに出会わないものかと思っているけれども、行っても行っても会わないことだなあ、と嘆息している。「古へ人」とは、おそらく山上憶良を指すのであろう。月の白い春の夜、「あしびが原」は月の光に照らされて幻想的である。時間を越えて万葉びとがそこに現出しても不思議ではない空間。しかし、行けども行けども出会わない……。

筆者も、二月堂のお水取りを観に行ったことがあるが、夕闇の迫るころ、二月堂に向かって春日野を歩く道に馬酔木の白い花も咲いて、それに白い月影がさす光景は、どこか別世界に迷い込んだような気がしたのを覚えている。

二首目は、七十代の詠である。「酔歩蹌踉《すいほそうろう》」とは、酔っ払ってよろめきながら歩くこと。歩いているのは山上憶良であろう。宴会の帰りであろうか。「いゆく」は「ゆく」に同じ。憶良が酩酊《めいてい》してよろよろ歩いて行く後ろから信綱がつき従ってゆくのであろうか、卯の花が白く浮かぶ月夜の道を。

卯の花は卯月（旧暦四月）に咲くのでその名がある。小さな白い花をたくさんつける低木であるところは馬酔木《あしび》と同じである。信綱が作詞した唱歌「夏は来ぬ」に詠みこまれている。鈴鹿市石薬師町にはその卯の花を道沿いに植えた「うのはな街道」がある。

もやしろし老杉がもと吾が憶良狭野のをとめと語りつつや来る

『佐佐木信綱　作歌八十二年』

この歌は、『作歌八十二年』の昭和八年十一月、六十二歳の項に「大和懐古作」という題詞で載っている。「靄《もや》が白く立ち込めている。その老杉の辺りから吾が敬愛する憶良が狭野《さの》の乙女と話しながらやって来るではないか」とでも訳せようか。

「狭野のをとめ」とは、狭野弟上娘子《さののおとかみのをとめ》、または狭野茅上娘子《さののちがみのをとめ》とも言う。天平十二年（七四〇）、新婚の夫、中臣宅守《なかとみのやかもり》が罪を得て越前国に流罪となった。その夫との間に多くの相聞歌を残している。その中でも特に有名な歌は、

君が行く道の長手《ながて》を繰り畳《たた》ね焼き滅ぼさむ天《あめ》の火もがも　（巻十五・三七二四）

あなたが流されてゆく長い道を手繰り寄せ畳んで焼き滅ぼすような天の火がほしい（そうすればあなたは行かなくてもすむから）という意味である。

この歌をはじめとして、二人の相聞歌は六十首まとまって『万葉集』に載せられている。異例のまとまった歌群であり、まるで歌物語のようであると言われる。当時この事件は有名であったという。中臣宅守が、蔵部《くらべ》の女孺《にょじゅ》という官女であった狭野娘子を娶《めと》ったことで罰されたともいう。

中臣宅守が流された先は、越前武生の味真野《あじまの》という地であったことが、次の狭野娘子の歌からわかる。

味真野に宿れる君が帰り来《こ》む時の迎へを何時《いつ》とか待たむ　（巻十五・三七七〇）

その味真野に、現在は万葉館を中心に「味真野苑」という公園が整備されていて、二人の歌碑が、池のほとりに向き合う形で建てられている。歌碑は万葉仮名で刻まれていて、よみは別に立て札に記されている。この情熱的な女性歌人と憶良とは生きた時代がずれるので、憶良が「狭野のをとめ」と語りながらやって来るということはあり得ない。信綱の、靄のかかった幻想の歌の中のフィクションであるというべきか。なぜこの二人なのか。

憶良は万葉歌人の中でとりわけ信綱が愛着を抱いている歌人であることはすでに述べた。

先に紹介した梅花の宴の歌、このあと紹介する昔の憶良の病苦の歎《なげ》きの歌など、憶良への愛着は並々ならない。憶良はもとより家族への愛、農民（弱者）への愛を詠い、病苦を詠った社会派・生活派の歌人である。片や「狭野のをとめ」は夫への恋情を爆発させた情熱の歌人である。信綱は、狭野娘子の「君が行く」の歌について、「相聞歌の少なからぬ集中、一きわ高く築かれた情炎の記念塔である」と激賞している。

その信綱のお気に入りの二人が連れだって語りながらやって来る（靄のせいではっきりとは見えないが）、それを信綱がこちらでにこにこ笑いながら待ち構えている、「おや、二人は知り合いだったのかな?」なんて考えながら、というのは、実に素敵な幻想ではある。

古への憶良の臣の歎きの歌われはた病みて歎きを共にす

『老松』

『老松』の昭和三十二年の項に、「病牀吟（1）～（4）」と題する三十首ほどの歌がある。

「病牀吟（4）」には、

庭におりず百日《もゝか》を過ぎぬ庭隅の竹藪のなりと筍《たかうな》を見す

という歌があることから、三カ月にわたる長い病床生活だったとわかる。
さて、掲出歌は「病牀吟（2）」の冒頭の歌で、万葉歌人の山上憶良に自らをなぞらえた歌である。憶良は、家族思いで、貧しい民衆に寄り添った歌人である。七十歳過ぎまで生きたが、晩年は病に苦しみ、「老身《らうしん》に病《やまひ》を重ね、年を経て辛苦《しんく》して、また児等《こら》を思ふに及びし歌七首」を詠んだ。その「長一首、短六首」のうち、長歌と短歌一首を次に挙げる。

たまきはる　うちの限りは　平らけく　安くもあらむを　事もなく　喪なくもあらむを　世の中の　憂《う》けく辛《つら》けく　いとのきて　痛き瘡《きず》には　辛塩《からしほ》を　注ぐちふがごとく　ますますも　重き馬荷《うまに》に　表荷《うはに》打つと　いふことのごと　老いにてある　我《あ》が身の上に　病をと　加へてあれば　昼はも　嘆かひ暮らし　夜はも　息づき明かし　年長く　病みし渡れば　月累《かさ》ね　憂へ吟《さまよ》ひ　ことことは　死ななと思へど　五月《さば》蝿《へ》なす　騒《さわ》く子どもを　打《う》棄《つ》てては　死には知らず　見つつあれば　心は燃えぬ　かにかくに　思ひ煩ひ　音《ね》のみし泣かゆ
（巻五・八九七）

反歌
すべもなく苦しくあれば出《い》で走り去《い》ななと思へど此《こ》らに障《さや》りぬ
（同八九九）

長歌で、世の中の辛さを、痛い傷に塩を注ぐように、ただでさえ重い馬の荷にさらに荷を上積みするように、と書く。そして、老いと耐え難い病の苦しみに苛《さいな》まれ、死んでしまいたいと思うけれども、幼い子等のことを思えば打ち捨てても死ねず、ただ泣かれる、と書く。反歌にその内容がまとめられている。信綱もすでに八十六歳、幼い子はいなかったけれど、病の苦しみは堪えがたかったことだろう。まさに老歌人と「歎きを共にす」であった。この時の病は癒えたが、さらに翌年の夏からは膝の関節炎を患い、痛みが激しく、歩行にも不自由したようだ。この時にも、憶良を引き合いに出している。

「憶良をおもふ」という題で三首（『老松』）。

かつては文の詞とのみ読みき「痾《やまい》に沈みて自ら哀《かな》しみし文」

今われ病み足のいたみうづき堪へがたみ自ら歎く「あはれなるかなや」

われはた「曽て作悪の心無」きを「鈞石をしも負へるが如し」

一首目にある「痾に沈みて自ら哀しみし文」とは、八九七番の長歌の前に載っている憶良の漢文である。学識豊かな憶良が中国の古文献、思想書や医術の知識を駆使して、重い病に罹《かか》った苦しみ、理不尽さを嘆き訴えている。その憶良の文を、かつては単に文章の言葉だと思っていたが、今自分が病んでみて、全く今の自分の現実であると知ったというのが一首目であろう。我が苦しみをまさに憶良の苦しみを、自分が重い病になった今になってやっと知った。我が苦しみをまさに憶良がすでに代弁していた、と。二首目は、足の痛み疼《うず》きが堪えがたいので、自らも憶良に倣って歎く「あはれなことであるよ」と。

三首目の「曽《かつ》て作悪《さあく》の心無」と「鈞石《きんせき》をしも負へるが如し」は憶良の漢文中の歎きの言葉をそのまま引いたのである。かつて一度も罪を犯すような悪い心を持たず、仏への礼拝を怠らず、何の罪によってこんな病気になってしまったのかと歎き、手足は思うように動かず、節々が痛み、体が重いことを〈鈞石（目方を測る錘《おもり》の石）を背負っているようである〉と嘆いている。この憶良の詳細にして具体的な叙述は、信綱を納得させ、よほど身につまされたようである。ずっと敬愛していた憶良を、さらに身近に感じたであろう。この漢文を書いた時、憶良は七十四歳、この歌を詠んだ時、信綱は八十七歳であった。

ちゝちゝと鳴く川千鳥――万葉の風景

ちゝちゝと鳴く川千鳥ぬばたまの夜《よる》の流や汝《なれ》もさびしき　　　『豊旗雲』

「川千鳥」「ぬばたまの夜」などの語から、『万葉集』の自然詠の名手、山部赤人の歌が思い起こされる。

ぬばたまの夜《よ》のふけゆけば久木《ひさぎ》生《お》ふる清き川原に千鳥しば鳴く　（巻六・九二五）

夜が更けてゆくと、久木の生えている清らかな川原で、千鳥がしきりに鳴いている、と訳せる。千鳥も久木も水辺に見られる鳥、木である。夜更けの川原の静謐《せいひつ》さ、そのなかで千鳥の鳴く声だけが心に沁み透る。

さて、掲出歌は『豊旗雲』の「長良川　美濃町より舟して下る」と詞書の付された六首の歌の最後に置かれている。『作歌八十二年』の大正四年八月の項に、「美濃町の歌会に列なり、夜、舟で長良川を下った」とある。この時に詠まれた歌であろう。六首の歌の最初の歌は、

わが船の大瀬にかかる迄はとてなほ見送れるきしの人影

であるから、おそらくは美濃町での歌会の後、鵜飼も果てて、宿へ舟で戻る時の詠であろう。人々に遠く見送られながら篝火《かがりび》を灯《とも》して下る船の上で、川千鳥の鳴き声を聞いたのであろう。鵜飼の後の静寂のもどった川の侘《わび》しさを、「汝もさびしき」と千鳥に言いかけながら、赤人の歌に重ね合わせて詠んだのではないだろうか。あるいは芭蕉の句「おもしろうてやがて悲しき鵜舟かな」も心をよぎっていたかもしれない。

二子山麓の道のささ原のさやさや鳴りて霧まき来たる

『常盤木』

信綱四十四歳、大正四年十月に箱根を訪れた時の連作の中の一首である。箱根の二子山

は写真で見ると、駱駝《らくだ》のこぶのように、こんもりとした山が二つ並んでいる。掲出歌は、二子山の麓の道の笹原が風にさやさや音を立てて、霧が一面に立ち込めてきた、という意味である。山道を歩いていると、不意に霧が立ち込めて、風景が一変するような場面に出会うことがある。そういう光景に接したのではないだろうか。

「さ」の音の重なりが笹の葉のさやぐ音を感じさせる。古くは柿本人麻呂の有名な歌がある。

笹の葉はみ山もさやにさやげども我は妹思ふ別れ来ぬれば　（巻二・一三三）

この歌は、人麻呂が石見《いわみ》の国に赴任して、その地で愛した妻と別れて都に帰る時の相聞の歌である。笹の葉の騒ぐ音に不安を掻《か》きたてられながらも、ただ、今別れてきた妻の面影だけを抱いて山道を歩いているという。人麻呂のひたむきな気持ちが出ているようで筆者の好きな歌だ。掲出歌ももちろん、この絶唱を踏まえた作であろう。『万葉集』の歌は信綱の血となり肉となっていたから、箱根で風に鳴る笹原を目にした時、身内から自然にわき出た歌であったろう。

連作中の次の一首は萱《かや》を詠んだ歌であるが、やはり万葉を思わせる歌である。萱は、スキやスゲなどの総称である。

夕されば山霧おりてかや原の萱のなびきの音かそけしも

『豊旗雲』

国分寺の礎石《そせき》つめたし村少女かたはらの畑《はた》に赤かぶらぬく

昭和三年、五十七歳の一月三日から九日まで、信綱は「かかなべて七日の間に、京都、坂本、恭仁、奈良、四日市、若松、名古屋の七処を訪うた」と、『作歌八十二年』にある。脂の乗り切った年代の精力的な旅である。その中の坂本で詠んだ歌は、すでに挙げた。この歌は恭仁《くに》京跡で詠んだ歌である。

恭仁京とは、奈良時代に現在の京都府木津川市加茂に置かれた都である。聖武天皇により造営され、天平十二年（七四〇）平城京から遷都したが、都の完成を見ないまま、天平十六年（七四四）には難波《なにわ》京に、続いて紫香楽宮《しがらきのみや》に遷都したため、短命の都となった。現在は恭仁宮跡（山城国分寺跡）として礎石などが残っている。

信綱はこう書いている。「加茂で下車し、泉川の高橋を渡り、冬枯れの櫟の蔭の道を折れまがると、恭仁《くに》京のあとが一むらの森になっておるのに出る」（前掲書）。加茂とは関西線の加茂駅、泉川は、木津川の上代の呼び名で、みかの原（瓶原、または甕原）と呼ばれた広々とした野を分けるように流れていた。その地に恭仁京は造営されたのである。そこは広々とした明るい盆地で、大和にはない雄大な水景が見られ、大和人はこの地に憧れて、例えば百人一首にある次のような歌が詠まれた。

みかの原わきて流るる泉川いつ見きとてか恋しかるらん　藤原兼輔

筆者も、信綱の訪れた季節とは違うが、みかの原を訪れたことがあり、その昔もかくやと思われる豊かな水と広々した野、鄙《ひな》びた里を歩き、清々しい心持ちになった。

恭仁京跡は、その後に建てられた山城の国分寺の礎石がわずかに残るだけであるが、まばらな木立ちの間をすがしい風が吹きぬけ、心地いい場所だった。その脇に建つ恭仁小学校は、黒々とした木造校舎で、中央部分が瀟洒な二階建てになっていて、体育館も木の窓枠の、ガラスがぴかぴか光る木造であった。昭和初期に地元の良材を集めて作られた小学校だという。木津川は、近江やこの地で伐《き》り出された豊富な木材を京都や難波までも運んだのであろう。

兼輔の歌に「わきて流るる泉川」とあるが、「わきて」は「湧きて」と「分きて」との掛詞《かけことば》で、水が湧き出る野を分けて流れる泉のような川の謂《いい》であろう。恭仁京の北に連なる山の中腹にある海住山寺《かいじゅうせんじ》に向かう道を登っていると、さらさらと水の流れる音が聞こえた。

この海住山寺は、恭仁京造営に先立つこと六年、大盧舎那仏《だいるしゃなぶつ》造立を発願した聖武天皇が、その工事の平安を祈るため良弁僧正に建てさせ、十一面観音菩薩を安置して、藤尾山観音寺と名づけたのに始まるという（寺の沿革より）。ちなみに海住山寺という不思議な名前の由来は、観音の浄土、補陀洛《ふだらく》信仰と関わりが深い。みかの原を大海と見立てて、海住山寺は南インドの海に浮かぶという補陀落山なのである。みかの原はそのような地であった。

信綱は一月の初めにここを訪れたわけで、陽射しはあっても空気は冷たかったのであろう。礎石に触れれば冷たく、傍らには村の少女が赤かぶを抜くというひなびた風景があり、幻の宮跡の情景を、やはり、昔もかくや、と思って見たであろうか。

東《ひむかし》の野にかぎろひの立つ見えてかへりみすれば月かたぶきぬ

柿本人麻呂（『万葉集』巻一・四八）

奈良県大宇陀阿騎野《あきの》の「かぎろひの丘」は、人麻呂の掲出歌を含む阿騎野の連作が詠まれたところとされる、大宇陀の町が見下ろせる小高い丘である。その丘の奥まったところに、信綱の揮毫になる掲出歌の碑が涼しげに立っている。
この歌は、持統六年（六九二）の冬、十歳の軽皇子《かるのみこ》（後の文武《もんむ》天皇）が、亡父草壁皇子《くさかべのみこ》がかつて遊猟した阿騎野の地に宿り、父を追懐した時のことを、供奉した人麻呂が詠んだ長歌一首と短歌四首の連作のうちの三首目の短歌である。以下、訳と評釈は、信綱の『評釈萬葉集』から引く。

【訳】東の野には、暁の光の立つのが見えて、振り返ると、月は西の方に沈まうとしてゐる。

【釈】この歌は人麻呂の傑作と称へられる歌で、荒涼たる野の暁の大きい情景をよく写してをる。後世の蕪村の「菜の花や月は東に日は西に」の句に比べて、色彩のないだけに、単純でしかも雄大な趣がある。一首として味つても秀歌といふべきであるが、反歌として、ひきつづいて味ふと、長歌の「み雪ふる」や「旗薄しのをおし靡べ」から情景を思ひ浮べ、更に「古思ふに」の感慨を奥に感じながら、懐旧の情と冬の寒さとに、浅い一夜の眠からさめて、借廬の外にいでたつ人々の様を思へば、「かへり見すれば月西渡きぬ」の句も一層生きてきて、作者の詠歎までもよく感じられるやうに思ふ。

ここでは長歌は挙げないが、右の評釈の中で引用されている長歌の語句を少し説明する。

「み雪ふる」とあるところから、雪の降るなかでの野宿であったことがわかる。「旗薄《はたすすき》しのをおし靡《な》べ」の「しの」は篠竹のことである。旗のようになびいている薄や、篠竹が茂っているのを押し伏せて、その上に野宿したということである。長歌の末尾の「古思ふに」とは、軽皇子とその一行が、草壁皇子がこの地に遊猟をした三年前のことを懐かしく思い出して、ということである。また釈中の「借廬」は、かりいほ、であり、野宿のために仮に作った小屋であろう。

信綱も述べるように、この歌は掲出の短歌一首だけでも、その壮大な景色と清新な夜明けの空気を感じられ、しかも音調の響きがすばらしく、つい口ずさみたくなる歌であるが、長歌を読んで、その野宿の具体的な様子を思い描き、軽皇子と一行の懐旧の思いを感じると、またいっそう味わい深い。

『山と水と』

遠つ世のをとめをおもひ万葉に歌のいのち思ふ千曲《ちくま》の岸に

昭和二十五年、七十九歳の時、五月に信濃に行ったと『作歌八十二年』にある。「千曲川河畔の万葉歌碑（東歌の、君しふみてば玉と拾はむ）の建碑式に列した」とあり、三首の歌が載っているが、そのうちの二首目がこの歌である。その、信綱が揮毫した万葉歌碑に刻まれた東歌とは、東国の農民の歌である。

信濃なる千曲の川のさざれ石《し》も君し踏みてば玉と拾はむ　（巻十四・三四〇〇）

作者不詳であるが、女性の歌と思われる。意味は、信濃にある千曲川の小石だって、あなたが踏んだのならば玉として拾いましょう、くらいか。「玉」とは、真珠のような美しい宝玉のことである。川の中のただの小石でも恋するあなたが踏んだものなら、私にとっては宝石と同じです、と、恋する乙女の思いが陳《の》べられている。恋人の（あるいは夫か）の踏んだ小石にはその愛する人の魂がついているのである。小石を踏んで、おそらくは川を渡って行った彼女の恋人はどこへ行ったのであろうか？　戦いに駆り出されて？　あるいは遠くの土地に働きに？　いや、ただ昨夜《ゆうべ》川を渡って彼女に会いに来て、今朝帰ったばかりなのかもしれない。歌からは、乙女の純真なけなげな切ない思いが感じ取られる。

その歌碑は、千曲川の万葉橋を渡ったすぐ右手にあるという。現在千曲河畔に「千曲川萬葉公園」ができていて、万葉歌碑が八基あるという。その中の三首を挙げる。

銀も　金も玉も　何せむに　まされる宝　子にしかめやも　　山上憶良

信濃道は　今の墾《は》り道　刈りばねに　足踏ましなむ　沓《くつ》はけ我が背　　作者不明

石走《いはばし》る　垂水《たるみ》の上の　さわらびの　萌え出づる春に　なりにけるかも　　志貴皇子

一首目は、教科書にも載っている憶良の子を想う歌。二首目、東国の名もなき乙女の夫を案じる歌。三首目、早春の季節感のほとばしる歌である。

さて、その時に信綱が詠んだ掲出歌は、遠い世、すなわち遥か昔の万葉の時代の、この歌を詠んだ乙女を思い、『万葉集』に息づく歌の命を思う、この千曲川の畔で、と訳せようか。恋する乙女の思いを陳べた歌は、現代にも色あせない純情を表現し、歌の命は永遠に滅びない。

奈古の江にさすは五月の日、立山の遠つ山脈《なみ》雪いただけり　『鶯』

『作歌八十二年』の昭和四年信綱五十八歳の条に、「五月初旬、日には十日夜には九夜を北陸の旅に赴いた」とある。ちなみに「日には十日夜には九夜」とは、『古事記』にある、あの「かがなべて夜には九夜日には十日」をひっくり返したのである。

九泊十日の万葉の故地を訪ねる旅であったが、多くの古典籍古筆を見ることができて、いわゆる「眼福」を得て帰った。また多くの歌を詠んだ旅でもあった。その中の一首が掲出歌である。

「奈古の江」は「奈呉の海」とも言われ、今の富山県射水《いみず》市の放生《ほうじょう》津潟《づがた》の辺りであるという。ここには万葉歌人の大伴家持のゆかりの放生津八幡宮がある。家持が天平十八年（七四六）に越中守《かみ》に任じられて赴任し、五年間の在任中、その地で多くの和歌を詠んだ。家持はその任地の海岸の風景を愛し、また立山の美しさを愛《め》でた。特に「奈古の江」を詠みこんだ歌が多く見られる。次の一首は、信綱の揮毫で放生津八幡宮に歌碑がある。

あゆの風いたく吹くらし奈呉《なご》の海人《あま》の釣する小舟《をぶね》漕《こ》ぎ隠《かく》る見ゆ（巻十七・四〇一七）

放生津八幡宮は、家持が在任中に宇佐八幡宮を勧請したものだと言われている。ある秋の日、訪ねてみた。高岡市内から走る万葉線の終点の東新湊駅から歩いて八分、まばらな松の木立がのびのびと空に広がっているのが見えはじめると、その先に鳥居があり、その向こうは今までの路地ががらっと雰囲気を変えて広い参道になる。

八幡宮はお寺と紛うような建物であったが、神仏習合の江戸時代末期の建物らしい。宮司の奥さんらしい方が、碑の説明をしてくださった。

「あゆの風というのは、この地方の言葉で東風と書きますが、北東から吹いてくる風のことです」。「そうすると海風ということですね」。あゆの風は、今では「あいの風」と言われ、たとえば「あいの風とやま鉄道」のように使われている。

神社の拝殿に入ると、ちょうど七五三のお参りの神事の最中で、それを終えた橙色《だいだいいろ》の衣装を着た宮司さんに、「この八幡宮は、大伴家持さんがそもそもの初めなんですよね」などと聞いていた。「はあ、私も大伴という姓なんですが」と宮司さん。ただ家持の子孫であるとは明言されなかった。にこにこした穏やかな紳士で、奈良時代の貫頭衣《かんとうい》風の衣装を着ているので、まるで家持であった。

さて、その翌日、家持の国守館のあった伏木《ふしき》を訪ねた。放生津八幡宮から小矢部《おやべ》川を隔てた西側の地である。越中の国守に赴任したばかりの青年家持が、歓迎の宴で詠んだ歌が有名である。

馬並《な》めていざ打ち行《ゆ》かな渋谿《しぶたに》の清き磯廻《いそみ》に寄する波見に　（同・三九五四）

馬を並べて、さあ出かけよう、渋谿の清らかな磯辺に打ち寄せる波を見に。「渋谿」は、現在「雨晴海岸《あまはらし》」と呼ばれる辺りで、国守館からは三キロくらいの距離というから、実際に官人たちがうち揃って出かけたかもしれない。

ちなみに「雨晴」の謂れは、義経主従がここを通りかかった時、にわかに雨が降り出したので、弁慶がそこにあった岩を持ち上げてその蔭で雨宿りをしたという伝説からつけられた地名である。その雨晴海岸は、海の向こうに立山連峰を望み、松を頂いた美しい小島が浮かぶ、おそらく富山湾で一番美しい海景色であろう。

また国守館のほとりには豊かな水量の射水川が流れていて、それを詠んだ歌が、

朝床《あさとこ》に聞けば遥けし射水川《いみづかわ》朝漕ぎしつつ唱《うた》ふ船人　（巻十九・四一五〇）

「朝床」「朝漕ぎ」という語がいい。朝寝の床に、近くを流れる射水《いみず》川を漕ぎゆく船人の歌う声が聞こえるというのである。のどやかなゆったりした歌で、筆者の好きな歌である。

さて、その国守館のあった辺りで、たまたま入った喫茶店の老店主に、放生津八幡宮へ行ってきた話をした。すると、彼は放生津八幡宮は家持とは関係ない、と言い出した。

「え、家持が勧請したんじゃないんですか?」と筆者がびっくりして聞くと、

「家持のころはあそこには何にもなかったんです」と言う。

「そこに、規模は今ほどじゃなくても、祠《ほこら》のようなものを建てたんじゃないんですか?」

「いや、あそこは、河口に砂が流れてきて、後にそこを干拓してああいうふうになったんです」

「射水川ですか?」

「そう、今は小矢部川と庄川の二つの川になってるが、かつては小矢部川と庄川は市内で合流して、その合流点から河口までを射水川と呼んだんだ。だから、昔の射水川は今の小矢部川より遥かに大きな川で水量も多く、河口辺りに土砂が堆積して、今あの八幡宮のある土地が出来たんだ。家持の時はこっちの伏木に国府があったのを、後で向こうの方に港が出来たりして便利になったから、十三世紀ぐらいに向こうに国府が移って、それから八幡宮が出来たんだと思いますよ」

「へーえ、でもみんな家持が作ったって言ってますよ。いろいろなものにそう書いてありますし。それに八幡宮の宮司さんは大伴姓だって言ってましたよ」

「そんなのは勝手に言ってるんでしょう」

「まあ、そうですねえ、家持は都に帰っちゃってるんだから」

「明治になってから大伴って名乗り出したんでしょう」

「明治になってから?」

「あの八幡宮が確認できるのは十三世紀なんですよ。それまでには何もなかった。宮司が大伴なんてわけないでしょ」

老人は分厚いファイルを出してきた。そして、古地図のコピーを見せて、十三世紀にはその場所に鳥居の印があるが、それ以前の地図には何もないことを示した。

「へーえ」と筆者は唸《うな》ってしまった。信綱だって、放生津八幡宮を家持の縁だと信じて、あの歌碑を揮毫したのだろうに。いや、違うかな？　信綱も単なる伝承と知っていて信じたふりをしたのだろうか。明治になって、宮司が勝手に大伴姓を名乗った？　あり得ることではある。うーん、歴史は奥が深いなあ。

さて、天気の良い日に奈呉の地に立つと、富山湾を隔てて、海の向こうに雪を頂いた立山連峰が見える。紺碧の海と白い峰々が輝くばかりの景色である。信綱の歌は、五月の陽光の中で輝く立山の雪の白さの、この世のものとは思えない美しさを詠んだものであろう。少しぎこちないリズムに、信綱の感動が表れているように思われる。

長くとも千年へがたき人の世ぞ憂忘れていざくまむ君

『思草』

新元号が「令和」と発表されて、にわかに注目された『万葉集』の大伴旅人の「梅花の宴」。旅人と共に筑紫歌壇の中心人物であった憶良に信綱は特に親愛の情を抱いており、憶良と共に「梅花の宴」に参加したかった、というような歌も先に紹介した。

大伴旅人には、「梅花の宴」よりも有名な歌群がある。「酒を讃《ほ》むる歌十三首」である。信綱には、三十二歳の時に刊行した第一歌集『思草』に、酒について詠まれた九首の歌がある。掲出歌はその中の一首であるが、意味は、「長くても千年は経ることが難しい人の世であるよ、心配事を忘れてさあ酌み交わそうではないか、君よ」くらいか。「千年へがたき人の世」とは、万葉の時代から千年余りの短歌に彩られた世を指すか。同じ歌集に次の歌もある。

人の世の栄え衰へよそにして波は千歳のひびきなりけり

また、この酒を詠んだ歌群の中の別の一首は、「信綱かるた」にも採られている。

天地のあるじとなるも何かせむいかでまさらむ此のゑひ心地

この世の中の主となっても何になろう、この酔い心地の方がよほど勝るであろうよ、というほどの意味。

共に、旅人の酒の歌の世界に信綱が入り込んだのではないか、と思われるような歌である。この歌を含め、九首の歌は、旅人の「酒を讃むる歌十三首」に触発された歌群であるように思われる。旅人の歌を何首か挙げる。

験《しるし》なきものを思はずは一杯《ひとつき》の濁れる酒を飲むべくあるらし　（巻三・三三八）

価《あたひ》なき宝といふとも一杯《ひとつき》の濁れる酒にあにまさめやも　（同・三四五）

生まれれば遂《つひ》にも死ぬるものにあればこの世なる間《ま》は楽しくをあらな　（同・三四九）

一首目は、思い悩んでいるより酒を飲む方がましだ、二首目は、どんな宝より一杯の濁り酒の方がまさっている、というのである。三首目は、「酒」という語は詠み込まれていないが、他の歌に共通する刹那主義、快楽主義のような旅人の人生観が表れている。また、奈良時代には仏教にからんで庶民に禁酒令が出たこともあり（主に僧侶が対象だったとも）、それに対する風諭《ふうゆ》も含まれているのではないか。山上憶良の「貧窮問答歌」に、貧者の立場で詠った「糟湯酒《かすゆさけ》うちすすろひて」という一節がある。「糟湯酒」とは最も低級な酒で、酒粕を湯で溶いたものらしいが、庶民も厳しい生活の中で嗜《たしな》むことがあったようだ。それを禁じることへのあてつけでもあったかもしれない。六十歳を過ぎての大宰府赴任、そして愛妻の死がかさなれば、酒を飲まずにいられぬ心境でもあったか。

信綱は酒は嗜んだが、酒をよく飲んだという話を聞かない。仕事に没頭するあまり、酒を飲む時間を惜しんだという話を聞いたことがある。掲出歌、あるいは「信綱かるた」の歌にも、旅人の歌と共通する人生観が詠まれているように思われる。若き信綱が、旅人の厭世《えんせい》的、快楽主義的な酒の歌に憧れてみたのかもしれない。

あらたまの年の緒ながく恋ひ恋ひしこれの頂にわが立ちにけり

『思草』

信綱は、明治三十五年の八月に初めて富士登山をしている。三十一歳の時であった。この歌には、長い年月切望していた富士登山がやっとかない、その頂上に立った時の喜びが率直に詠われている。「あらたまの」は年に懸かる枕詞、「年の緒」は年月の意味である。『ある老歌人の思ひ出』には、「旅ここかしこ」の項に「富士登山」と題して思い出が書かれている。要約すると、「いささ会」の同人であった、当時は大学生の上小澤、篠崎両君と吉田口から登った。強力《ごうりき》二人を伴って、午後出立、四合目の室(山小屋)にその日は泊まった。翌日は五合目の「天地の境」を越え、樹林の中の石楠花《しゃくなげ》を折り、瓶にさして強力に持たせ、二君に助けられ、強力に押されつつ八合目まで登って、そこの上小澤君の親類の室に泊まる。室の外で美しい月を眺めた。翌朝は雲海を昇るご来光を拝み、頂上に至り、野中氏の測候所に近い岩石の間に石楠花を供え、数分間瞑目して詠んだ歌を声高らかに歌い上げた、とある。『作歌八十二年』にも、この時のことは丁寧に書かれていて、その時に詠んだ短歌三十首ほどが掲げられている。「野中氏」とは、明治二十八年に富士山頂の剣ヶ峰に測候所を作り、妻千代子とともに冬季観測を初めて行った野中到《いたる》のことである。信綱が富士登山したのは、その七年後になる。

「泗楽」（四日市郷土作家研究紀要）の第二十三号で北川英昭氏が、この直後に信綱が門人の甲斐在住の小尾保彰氏へ送った書簡を紹介していられる。そこには、「剣ヶ峰にては山の巓より殊更たをり登りし石楠花の花を岩の上にそなへ　かの万葉集なるなまよみの甲斐の国といへる長歌をあらん限りの声もて歌ひ上け　さて自ら作りし短歌を三度となへて　天つ神にきこえ　さて後頂上のこゝかしこを見巡り申し候」などと書かれていて、頂上で歌い上げた自作の歌は「天つ神」に捧げる歌であることがわかる。その歌は、

いつよりか天の浮橋中絶えて人と神との遠ざかりけむ

「天の浮橋」とは、古事記の神話中に出てくる、神が天上から地上に降りる時の通路と

なる橋、あるいは梯子《はしご》であり、右の歌は地上の一番高いところに至って、天を見上げて詠んだ歌にふさわしい。この歌の他にも、神を詠み込んだ富士登山の歌は多い。さて、その自作の歌を唱える前に「かの萬葉集なるなまよみの甲斐の国といへる長歌」を「あらん限りの声」で歌い上げたと書簡に書かれている。信綱の富士登山の中心であり、万葉学者たるの面目躍如たる場面である。その歌は高橋虫麻呂の次の歌である。なお、「なまよみの」は「甲斐」にかかる枕詞である。

なまよみの　甲斐の国　うち寄する　駿河の国と　こちごちの　国のみ中ゆ　出《い》で立てる　富士の高嶺は　天雲《あまくも》も　い行きはばかり　飛ぶ鳥も　飛びも上《のぼ》らず　燃ゆる火を　雪もち消《け》ち　降る雪を　火もて消ちつつ　言ひも得ず　名付けも知らず　くすしくも　います神かも　石花《せ》の海と　名付けてあるも　その山の　堤《つつ》める海そ　富士川と　人の渡るも　その山の　水のたぎちそ　日《ひ》の本《もと》の　大和の国の　鎮《しづ》めとも　います神かも　宝とも　なれる山かも　駿河なる　富士の高嶺は　見れど飽かぬかも

（巻三・三一九）

この長歌によって、当時は富士山が活火山であったことがわかる。この歌に因《ちな》んだ歌も信綱は詠んでいる。

もゆる火のもえたつ上に天ぎらひみ雪ふりけむ神代しも思ふ

また、この登山で特に印象的なのは、石楠花の花である。『作歌八十二年』によれば、それは「目さめるような石南花《さくなげ》の紅い花」であった。信綱は晩年熱海の西山に住んで石楠花を愛したが、この富士登山の場面ですでに石楠花に出会い、石楠花に思いを託していたことが知れる。

吾はもや此のうた巻を初《うひ》に見つ千とせに近く人知らざりし

『豊旗雲』

「天元四年書写の琴歌譜を見いでし日に」（天元四年、すなわち西暦九八一年に書写された琴歌譜を発見した日に）と詞書があって、この歌が置かれている。歌意は、私は何と、この歌巻を初めて見た、千年近くも人に知られないでいたこの歌巻を。

『作歌八十二年』の記述によれば、大正十三年の六月、京大附属図書館を訪ねて、前年の関東大震災の後、近衛家から寄託された古典籍の数々を披見した中に、この「琴歌譜」

があった。天元四年に書写されてから数百年間近衛家に秘蔵され、「学界の耳目に触れなかった文献で、巻中、かつて世に知られなかった上代の歌謡十三首を含んで」いたのである。大震災がなかったならば、さらに発見が遅れただろう。信綱は、この発見を「震災が、そのつぐのい（償い）の一部として、学界にささげた書ともいえるのである」と記す。信綱は、この震災では、出版直前の『万葉集』の校本を焼失し、呆然《ぼうぜん》としたのであった。その後のこの発見は大きな喜びであったろう。その歓喜と得意の気持ちが素直に表出された歌が掲出歌である。

実は、この歌には本歌ともとれる歌が『万葉集』にある。

われはもや安見児《やすみこ》得たり皆人《みなひと》の得《え》がてにすといふ安見児得たり

藤原鎌足（巻二・九五）

「私は何と、安見児を我がものにした。皆誰もが手に入れられないという安見児を我がものにしたのだ」。安見児とは、奈良時代の采女《うねめ》で、この歌の作者藤原鎌足が天智天皇から下賜された女性である。その手放しの喜びようは、儒教などの束縛をまだ受けていない素朴で放胆な万葉人の感情の表出である。

信綱は「琴歌譜」を得た喜びを、鎌足の「安見児」を得た喜びに重ねたのである。

ゆく秋の大和の国の薬師寺の塔の上なる一ひらの雲

『新月』

信綱の歌としては最も人口に膾炙しているこの歌は、歌集『新月』の最後の方の「大和めぐり」と題されたところに載っているので、明治四十一年、信綱三十六歳の秋に大和は西ノ京を巡った時の歌と考えられる。しかし、『作歌八十二年』の明治四十一年の項には、「大和路を巡った」時の歌として、この歌ではなく、もう一つの「行く秋の」で始まる次の歌が載っている。

行く秋の雲は浮かびぬ陵《みささき》の山の木立をめぐれる池に

陵とは、薬師寺からほど近い垂仁天皇陵であろう。こんもりとした小さな森のような古墳の周囲を豊かな水の濠が取り巻いていて池のように見える。「雲」は、池の上の空に浮かんでいる雲かもしれないし、池の水面に映った雲であるかもしれない。『作歌八十二年』には、この歌に続いて次の歌が載る。またもう一つの「秋さむき」で始まる、『新月』にある歌も並べてみる。

秋寒き薬師寺の道うすき日はついぢの上の雑草にさす

秋さむき唐招提寺鴟尾《しび》の上に夕日うすれて山鳩の鳴く

二首の歌には、薬師寺と唐招提寺が詠みこまれているが、唐招提寺は薬師寺の北隣にある寺であり、二つの寺をつなぐ道は「歴史の道」と呼ばれ、古い築地《ついじ》がみえる。

さて、掲出の「ゆく秋の」の歌の「ゆく」とは季節の移り行くことであるが、信綱のこの時の大和巡りを思うと、「(秋に大和路を)ゆく」の意味も含まれているような気がする。つまり、信綱は大和を巡行する客であり、その客を大和のおだやかな風景が迎えているのだ。雲が薬師寺の塔の上に浮かび、「ついぢ」(築地、土塀)には夕光《ゆうかげ》に照らされて雑草が見える。四首によって深まる秋の西ノ京を感じることができる。

ちなみに有名な掲出の薬師寺の歌は、昭和三十年に歌碑が薬師寺に建立され、五月三十日に除幕式が盛大に行われた。八十三歳の信綱は、五月二十四日に熱海を出て、豊橋、大阪を歴訪して、京都に入り、各地の竹柏会支部の歌会に出席したり、旧知の人々と会ったり、精力的に活動しながら、二十八日に薬師寺からの迎えで奈良に入り、奈良女子大で講演し、夕方歓迎晩さん会に出席し、翌日の除幕式に臨む。歌を詠んでから、四十七年後のことである。『作歌八十二年』から引用する。

まだ見ぬおのが歌碑は、かの三層の宝刹の下、菩提樹の青葉蔭に、とは聞いていたが、今は紅白の幕をめぐらされている。（中略）たまたま一旅人として、明治の末年ごろにおとずれ、晩秋の日に思いを寄せた諷詠が、かく久遠に遺るということは、夢のような心地がする。

瑞々し菩提樹の蔭にわが歌の石ぶみは建てりよき處得て

さて、二〇二〇年の九月の彼岸のころ、筆者は薬師寺に出かけた。あることを確認したかったのである。その二年前に、信綱顕彰会だより「うのはな」の「信綱そぞろ歩き1」に次のようなことを書いた。

現在信綱の薬師寺の歌碑は西塔のほとりに建っている。この碑は昭和三十年、信綱八十三歳の時に建てられたのであるが、その当時西塔は兵火で焼失していてなかったのだから、東塔のほとりに建てられたのである。それが東塔の解体修理が始まって、現在の西塔のほとりに移転させられた。ところが、そこにはすでに平成十一年建立の会津八一の歌碑があったから、二つの歌碑が並び立つということになった。(中略) 二〇二〇年に東塔の修理が完成した暁には二つの歌碑はまた東西に分かれることになるのだろうか。

信綱の薬師寺歌碑に刻まれた歌に詠まれている「塔」は東塔である。菩提樹の下に歌碑はあったという。その東塔は二〇二〇年、オリンピックの開催される年に修理が成る予定で、落慶法要が四月に行われるとネットに出ていた記憶がある。予定通りなら信綱の碑は東塔のほとりに戻っているはずである。ところが、行ってみると、東塔は修理が完成しているように見えたが、周囲には工事中のフェンスが張られたままで近づけなかった。芝生も植えられてはいず、当然菩提樹もなく、信綱の歌碑も戻ってきていない。寺の関係者に聞くと、落慶法要はコロナで延期されたが、もう一つ予期せぬことが起きた。解体修理中に東塔の足元で発掘調査の必要が確認されたのだ。今はその発掘調査をしていて、大体今年中はかかる、ということだ。嘆息して、二つの塔を見上げたことだ。

西塔の方は一九八一年に、実に四百五十三年ぶりに再建がなった。これは「再建」であるから、創建当時の丹の色も鮮やかな絢爛《けんらん》たる塔である。一方、向かい合って立つ東塔は「修理」であるから、二〇〇九年の工事開始時の外観と同じで、年月を経て黒ずんだ落ち着いた佇《たたず》まいである。二つの塔を見比べると不思議な感じがする。つまり創建当時の丹の色の美しい塔と、千三百年を経た黒ずんだ塔が向かい合っているのである。

その後、二〇二二年の秋に訪れると、東塔は周囲の芝生も青々として、内陣も完成し、翌年の四月には落慶法要が行われるということであった。

さて、信綱の碑は、と見ると、依然として西塔のほとりに会津八一の碑と並んで建っている。もとの東塔のほとりに戻る計画はないらしい。寺ではあえてそれをする必要を認めないのだろう。だが、信綱が生きた時代には東塔しかなかったのであり、信綱の見上げたのは東塔であり、空に一片の雲の浮かんでいるその下にあったのは東塔であった。その碑が西塔のほとりにあるのは少し切ないのである、信綱が碑の除幕式の時に詠んだ歌の「わが歌の石ぶみは建てりよき處得て」を思うと。

えにしありて――西行を慕う

えにしありて桜のはなを奉るそのきさらぎの今日の遠忌《をんき》に

『瀬の音』

「西行上人七百五十年遠忌に、河内弘川寺に詣づ」という詞書がついて、この歌がある。信綱は幼いころに、父弘綱から西行の家集『山家集』を与えられ、西行の歌に親しんだ。西行は若くして、前途ある北面の武士の地位を擲《なげう》って出家し、生涯を旅に暮らし自然を愛した破天荒の歌人であり、『新古今和歌集』には最多の九十四首が入首している。その晩年に詠んだという次の歌はよく知られている。

願はくは花の下にて春死なむそのきさらぎの望月のころ

「花」は桜、「きさらぎの望月のころ」とは、旧暦二月十五日ごろで、桜が咲き始めるころだ。西行は桜を愛し、吉野山には足繁く通ったようだが、亡くなったのは河内の弘川寺《ひろかわでら》であった。

「彼岸桜さきそめ満月の光うるはしいころ、釈尊入滅の日と時を同じくして世を去りたいと念じたが、その願のごとく、日は一日違ふが、七十三歳の二月十六日に、河内国葛城山の西麓弘川の里の山寺で、とこしへの眠についた」と、信綱の『佐佐木信綱文集』の「西行上人」に書かれている。その西行の七百五十回忌に、信綱は西行の歌から「そのきさらぎの」の一句を引いて掲出歌を詠んだ。「えにしありて」は「縁あって」ということで、偉大なる先達の七百五十回忌に巡り合い、桜の花を手向けることのできる喜びを詠ったのである。

さて、二〇二〇年のちょうど「そのきさらぎの望月のころ」に筆者は弘川寺に行った。まさに桜が満開で、雲のように棚引いているのが見られた。本堂横の石段を上ってゆくと、広々した台地のようなところに出た。その一番奥まったところに西行の墓があった。丸いお饅頭のような塚であった。この清々しい台地のような場所は、おそらく江戸時代の西行を慕う僧似雲《じうん》によって西行の墓が発見された後、土地の人がその辺りの山をならして、このような場所を作ったのであろう。そして周囲に桜の木を植えたのであろう。その一隅のよく日の当たるところに、信綱の揮毫した西行の歌碑があった。

仏には桜の花を奉れわが後の世を人とぶらはば

（『千載集』）

意味は、仏となった私には桜の花を手向けてほしい、私の死後に誰か弔ってくれるならば、というのである。つまり、この歌は掲出歌と一対をなしている。西行が「桜の花を奉れ」と詠んだのに対して信綱は「桜の花をたてまつる」と応じたのである。

七百五十年を隔てた師弟（？）の桜をめぐる歌のやりとりは、まるで相聞歌だ。

月の色と水の光と倶に皓皓《しろ》し巌頭半夜一人の僧

『山と水と』

漢文訓読調のちょっと硬い感じのする歌であるが、信綱の歌の中ではよく知られた歌である。

昭和十五年、信綱六十九歳の折、那智の滝で詠まれた。『作歌八十二年』には、「この夜、那智に於ける西上人の歌を懐いつつ、月色水光倶皓皓、巌頭半夜一人僧、の句を得たが、起承成らず、訓読として一首の歌とし」たとある。西行が那智に遊んだ時に詠まれた歌を思い浮かべながら、漢詩（七言絶句）の転結（三句四句）を作ったが、起承（一句二句）

が出来ずに、訓読として一首の歌に仕立てた、というのである。

この歌のことは、『作歌八十二年』の他に、随筆集『明治大正昭和の人々』でも語られ、『短歌入門』の自薦歌の中にも入っていて、信綱の自信作であったらしい。昭和二十六年に刊行された歌集『山と水と』には、「西行上人を憶ふ」と題して入れられている。

歌の意味としては、月の色と水の光が倶《とも》に白い、その那智の滝の巌(大きな岩)の先端に、夜半一人の僧、すなわち西行が立っている、という幻想的な光景だ。信綱が「那智に於ける西上人の歌を懐いつつ」と書いている、その「西上人の歌」について、佐佐木幸綱氏はその著書『佐佐木信綱』で、次の歌を挙げていられる。

雲きゆるなちのたかねに月たけてひかりをぬけるたきのしらいと

この歌は西行の『山家集』に見える歌で、雲が消える那智の高嶺に美しい月が昇って、その月の光の中を滝の白糸が貫いている、という、月の光と滝の白い流れが交錯する美しい景色を詠んでいて、印象的な歌である(筆者は不勉強にして知らなかったが)。信綱はおそらく子どものころにこの歌を暗誦《あんしょう》して、六十九歳で那智の滝の月を見た折に、おのずとこの歌がよみがえり、漢詩の句が思い浮かんだのであろう。

なお、筆者は、掲出歌から、『去来集』中の一句「岩鼻やここにも一人月の客」を連想した。この句も、信綱の念頭にあったのではないだろうか。

吉野山ひじりの言葉しをりにてまだ見ぬ花も今日しわが見つ

『佐佐木信綱　作歌八十二年』

信綱二十七歳の四月の条、「吉野に遊んで、その紀行を心の花に掲げた」とある。「心の花」を創刊した年である。「幼くから山家集に親しんでおった身とて、なつかしさに堪えれら《ママ》ない」とある後に、掲出歌が置かれている。『山家集』は西行の家集であり、掲出歌の「ひじり」とは西行をさす。

その西行が愛した吉野をおそらくは初めて訪れて「なつかしさに堪え」ないと書く。『山家集』で、吉野の西行に親しんでいた信綱には、初めて訪れた土地とは思えなかったのであろう。吉野の地で西行の愛した桜に出会えたことの感動が、結句の「今日しわが見つ（今日こそ私は見た）」という強い言いきりに表れているように思う。

「しをり」とは「枝折」で、もともとは山を歩くとき、迷わないために枝を折って印にしたもの。この歌は、西行の次の歌を下敷きにして詠まれたものである。

吉野山こぞのしをりの道かへてまだ見ぬかたの花をたづねん　（『山家集』）

意味は、吉野山よ、去年の、枝を折って印をしておいた道を変えて、今年はまだ見たことのない方の桜をたずねよう。

掲出歌の意味は、西行の歌の言葉を「しをり」にして、まだ見ていなかった吉野の桜の花を今日こそ私も見た、というのである。ここでの「しをり」は案内とか手引きとかいう意味である。西行の歌を本歌として、西行の歌心を引き継ぎ、西行に寄り添って詠まれている。

ちらばれる耳成《みみなし》山や香具山や菜の花黄なる春の大和に　『新月』

はてもなくさきつづきたる菜の花の中に家あり神崎の里　『思草』

一面に咲く菜の花は、まさに早春の景色の代表格だ。蕪村の「菜の花や月は東に日は西に」という句ほど雄大な春景色を知らない。

一首目の歌、高いところから鳥瞰《ちょうかん》するような詠みぶりである。読む者に、明るい菜の花の黄の広がる大和盆地と、そこに散らばるように点在する二つの山が見えてくる。まるで、天から土の雫《しずく》をばらばらとこぼし散らして出来た山のようだ。大和三山のうちの耳成山と香具山は、畝傍山《うねびやま》より小さく、山の形が整っている。信綱がこの二山を選んだのも頷《うなず》ける。

二首目も、高いところから俯瞰《ふかん》したような詠みぶりであるが、さらに広い、どこまでも続く菜の花の平原が見える。神崎の里とはどこだろうか。神崎という地名はあちこちにあるようだが、歌に地名を詠みこむのだから、やはり謂《いわ》れのある地名と考えるのが自然だろう。歴史的に有名な神崎は、今の尼崎市神崎である。そこは、平安時代、淀川の支流である神崎川の河口の船宿で、水上交通の要衝として栄えた。神崎川が淀川から分岐するところの江口と共に、遊女の宿が立ち並んで「天下第一の楽地なり」と大江匡房《まさふさ》が『遊女記』に書いている。江口と並び称せられる歓楽街なのである。吉川英治の『新平家物語』にも、神崎の賑《にぎ》わいが何カ所か丁寧に描き込まれている。清盛も後白河法皇も貴族たちも、ここを通り、歓楽街に立ち寄って熊野や住吉大社、厳島神社に向かったのだった。商人も通ったし、庶民も通った。そして遊女たちとの間のさまざまな逸話が伝わる。その一つが、西行と遊女との歌問答で、『新古今和歌集』に収められている。のちに「江口」という能にも仕立てられた。

『新古今和歌集』の〈巻十・羇旅歌〉には、詞書に、「天王寺に詣で侍りけるに、にはかに雨降りければ、江口に宿を借りけるに、貸し侍らざりければよみ侍りける」とあって、

世の中を厭ふまでこそ難《かた》からめ仮の宿りを惜しむ君かな　　西行法師

世を厭ふ人とし聞けば仮の屋に心とむなと思ふばかりぞ　　遊女妙

宿を貸してくれないというので、「世を厭って出家するまでのことは難しいであろうが、一夜の宿を貸すことまでもあなたは惜しむのですね」と西行が詠みかけると、遊女妙の返歌は、「あなたは世を厭って出家した方だと聞くから、このような浮世の仮の宿になぞ心をとどめなさるな、と思うだけです」と、なかなかに皮肉の込められた返答である。西行は一本取られた、と思ったことだろう。二人はこの後意気投合して一夜を語り明かしたという。ちなみに遊女の妙とは平資盛《すけもり》の娘だと伝えられるが、それはどうも嘘っぽい。とにかく遊女には戦乱や重税に耐えかねて流れてきた者たちが多く、歌の贈答ができるような教養のある者もいたということである。

信綱が、この神崎の辺りを菜の花のころに通ったとすれば、敬愛する西行の逸話を想わ

なかったはずはない。淀川の支流に囲まれた砂嘴《さし》のような広大な野を一面に菜の花の黄が覆っている。そのなかに家が点在するのどかな風景を感慨深く見たであろう。そのようなことまで思い巡らすと、菜の花畑は一層情趣を帯びて、花の色も艶も増すように思われる。

『老松』

西上人長明大人の山ごもりいかなりけむ年のゆふべに思ふ

「西上人《さいしょうにん》」は西行のこと、「長明大人《うし》」とは日野に草庵を結んで『方丈記』を書き、『無名抄』という歌論書を残した鴨長明である。二人とも出家し、晩年には西行は弘川寺に、長明は日野にそれぞれ隠棲した。性格や生き方は違うが、中世の隠者として代表的な二人である。

掲出歌は『老松』の最後に遺詠として載っているから、信綱の最晩年に詠まれたものであろう。第四句まで、西行と長明、この名高い二人の隠者の山籠もりはどんなであったろうか、と詠まれているが、そのあとの「年のゆふべ」とは、歳末のことである。そうすると、信綱は十二月二日に亡くなったのだから、自らの死の近いことを予感して、二人の先達の最期のありさまを思ったのであろうか。亡くなる少し前から信綱は歩くことがままならず、ベッドの上で研究に勤《いそ》しむ生活だった。それはまさに冬の山籠もりの心境であったかもしれない。

西行の山籠もりの歌と言えば、次の歌が思い出される。

さびしさに堪へたる人のまたもあれな庵ならべむ冬の山里

西行法師（『新古今集』冬歌）

一人で山籠もりをして寂しさに堪えている人が私のほかにもいてほしいなあ、その人と庵《いおり》を並べて住みたいものだ、冬の山里に、という意味である。俗世間を捨てて出家した身にとってもやはり寂しさはつきまとうものであるのだ。冬ともなればなおさら。

長明の『無名抄』から、やはり山籠もりの「さびしさ」を詠んだ歌を一首挙げてみる。

さびしさはなほのこりけり跡たゆる落葉がうへに今朝は初雪

訪れる人の足跡も絶えた落ち葉の上に、今日は初雪が降った。それでも寂しさはやはり残っている、という意味であろうか。人間とはどこまでも人間を求めるものなのだ。その人間らしさを率直に詠んだ二首であると思う。

信綱も彼らの寂しさに思いを馳せ、自らの寂しさと重ねあわせただろうか。彼の脳裏には、先に逝った妻雪子や息治綱がいただろうか。

三千の衆徒大塔に――源平の争乱のあとをたどる

うぐひすは三千の衆徒《しゅと》大塔《だいたふ》に僉議《せんぎ》の朝を谷に鳴くかな　『新月』

「三千の衆徒」とは、比叡山延暦寺の衆徒を指す。「僉議」は、多人数で評議すること。昔、比叡山の重大な意思決定の際、三千ともいわれる衆徒たちが一堂に会して「僉議」を行った。

「大塔」とは、密教の大寺院にある塔のことだが、現在の延暦寺には大塔と呼ばれる塔はないようだ。比叡山のことを象徴的に「大塔」と言ったのであろうか。日本国語大辞典の「三塔の僉議」の項に、「比叡山延暦寺の僧徒全員が、寺の大事に際して、大講堂の庭前に集合して、一山の方針を評議したこと」とあるので、僉議は大講堂の前で行われたのであろう。なお、「三塔」は、比叡山の西塔・東塔・横川を指し、延暦寺を総称する。

『平家物語』に出てくる有名な僉議の一つが巻七にある。木曽義仲が、頼朝の旗揚げに応じて入京する際、山門（比叡山延暦寺）を味方につけようと「牒状《ちょうじょう》」を送った。その長い牒状の末尾はこう結ばれている。（カッコ内は森谷の註）

「乞願《こひねがはく》は、三千の衆徒、神のため、仏のため、国のため、君の為に、源氏に同心して（味方して）、凶徒（「平家」を指す）を誅し、鴻化《こうくわ》に浴せん。懇丹《こんたん》の至に堪ず。義仲恐煌《きやうくわう》謹言《つつしんでまうす》」日付は寿永二年（一一八三）六月十日。これを受け取った山門では、衆徒らが僉議を行った。「山門の大衆此状を披見して、僉議まちまちなり」という状況であったが、ついに「すべからく平家値遇《ちぐ》（平家との親密な関係）の儀を翻して、源氏合力の心に任すべき」むねが決まり、「返牒」を送った。源氏に味方することに決めたのである。掲出歌は、あるいは、この時の「僉議」を念頭において、詠まれたのではないだろうか。

「うぐひす」は、通常春の景物であるが、それは「春告鳥」とも呼ばれるように、春に鳴き始めるからで、夏・秋までその鳴き声は聞かれる。右に述べた「僉議」は旧暦六月半ばであるから、山では鶯《うぐいす》は盛んに鳴いていたであろう。ただ、『平家物語』には、鶯についての言及はない。

掲出歌は歌集『新月』に見られるのであるが、さまざまな歌が混在する中で、唐突にこの一首が置かれている。その前後は「君」を想う歌があるかと思えば、春の歌、秋の歌などがあって、脈絡がない（ように筆者には思われる）ので、どのような状況でいつ読まれたのかがわからない。想像をたくましくすれば、信綱が延暦寺を訪れた際に、脳裏に「衆徒の僉議」の場面がよぎり、その時たまたま鶯が鳴いていたということなどがあって、この歌が出来たのではないだろうか。

「三千の衆徒」の「僉議」という物々しい場面で、衆徒が口々に激しい口調で言い合ったであろうし、ときには荒法師の怒号も響いたかもしれない。その時、鶯の清々しい声音が響き渡ったのである。そこに歴史を超えて自然の営みが流れていた。それを信綱は詠みたかったのかもしれない、と勝手に想像するのである。

あか棚の茶の花みれば涙おつ文治二年の春のかなしさ

『銀の鞭』

文治二年（一一八六）と言えば、『平家物語』の最後に付された建礼門院の後日譚の中の、後白河院の「大原御幸」の年である。平家が滅亡した壇ノ浦の戦いで、安徳天皇は海中に沈み、母である建礼門院も海に身を投じたが、敵に熊手ですくい上げられる。生き残った身を大原寂光院に隠棲し、平家の人々の菩提を弔って暮らしていた。そこへ平家追討を命じた張本人の後白河院が訪れたのである。後白河院は安徳天皇の祖父、建礼門院にとっては舅《しゅうと》にあたり、源平の動乱の中を、権謀術数で生き抜いた法皇である。

『平家物語』の「大原御幸」には、次のように書かれている。

かゝりし程に、文治二年の春の比《ころ》、法皇、建礼門院大原の閑居の御すまひ御覧ぜまほしうおぼしめされけれ共《ども》、きさらぎ・やよひの程は、風はげしく、余寒もいまだ尽きせず、峰の白雲消やらで、谷のつらゝもうちとけず。春過《すぎ》夏きたって、北まつりも過しかば、法皇、夜をこめて、大原の奥へぞ御幸なる

法皇が建礼門院のわび住まいを見たいというのだ。建礼門院にとっては悩ましいことだっただろう。「文治二年の春」とあるが、実際は「北まつり」、つまり葵祭《あおいまつり》の後、陰暦の四月、現在なら五月から六月の初夏のころに法皇はお出ましになったのである。

法皇が到着した時、建礼門院は「あか棚」に供える花を摘みに野に出ていた。「あか棚」とは、仏に供える花や水を置く棚のことである。やがて建礼門院が戻り、法皇に問われるままに昔語りをする。

信綱が寂光院を訪れてこの歌を詠んだのは、大正四年の十月のことだった。その「あか棚」に茶の花が生けてあったのであろう。茶の花は白い清楚な花で、十月から十二月ごろまで咲く。信綱の幼時、生家の裏には茶畑があったから、茶の花は信綱には親しいものであったろう。

寂光院と言えば、建礼門院がすぐ想われるし、平家の悲しい運命に想いが及ぶ。信綱はあか棚の茶の花を見て、悲運の建礼門院の胸中を想い、また平家一門の滅亡に思いを馳せ、涙したのであろう。

「うかりける夢のちぎりの身を去らで」涙もてかきし二巻《ふたまき》の歌

『瀬の音』

うかりける夢の契りの身を去らでさむる世もなき歎きのみする

と詠んだのは、平安末期の女流歌人建礼門院右京大夫《うきょうのだいぶ》であった。

建礼門院右京大夫は、建礼門院徳子に仕えて、徳子の甥である若き平家の公達資盛《きんだちすけもり》と恋に落ちた。やがて平家は都落ちし、資盛は他の公達と共に壇ノ浦に果てた。都に残された右京大夫は、平家滅亡の二十年余り後、建暦二年（一二一二）以降に、若き日の恋を回想して歌とともに綴った。『建礼門院右京大夫集』である。長文の詞書を持ち、歌集というより歌物語のような趣の作品で、収められた歌は、上下二巻あわせて三百余首。彼女の歌は、『新古今和歌集』にも他の歌集にも見えず、世に注目されなかったが、信綱はこの歌集を大変愛し、世に広める努力をした。

その歌集のなかに右の「歎きのみする」の一首がある。その上句をそのまま取り込んで詠んだのが、掲出の信綱の歌である。

「うかりける夢のちぎりの身を去らで」とは、〈思い出すだに辛い夢のようにはかない資盛との逢瀬はいつまでも身を離れることがなく〉というほどの意味である。右京大夫の思いをそのまま取り込んで、「涙もてかきし二巻の歌」と続けた。『建礼門院右京の大夫集』二巻を指す。

さて、『日本古典全書』に『中古三女歌人集』という一冊があり、信綱が校註をしている。そこに取り上げられているのは、「式子内親王集」と「俊成卿女集」と「建礼門院右京大夫集」である。右京大夫の他は、新古今時代の名だたる女流歌人であるが、その歌集の解説は数ページで終わっているのに、「建礼門院右京大夫集」には三十一ページを費やしている。

なお、令和元年十二月に信綱の新村出への書簡集『佐新書簡』が上梓されたが、その中に大正十二年二月に書かれた手紙があり、その冒頭に「右京大夫は自分の大すきなる女歌人に候」と書かれているのを見つけて、信綱の肉声に触れたような気がした。

『瀬ノ音』

とこしへにさむる期《ご》あらぬゆめがたり今の現の人を泣かしむ

『作歌八十二年』の昭和十三年四月の項に、「下関にて赤間宮に参拝、……いわゆる七盛の墓のうち特に右京大夫のために資盛の墓前にぬかずき」と記されている。壇ノ浦に近い赤間宮には「七盛塚」がある。七盛とは、教盛、知盛、資盛ら、壇ノ浦で果てた平家の公達をいう。信綱は、建礼門院右京大夫のために、他の墓ではなく彼女の恋人であった資盛の墓前に額《ぬか》づいたという。右京大夫に並々ならぬ思い入れがあったとわかる。

さて、昭和十五年に刊行された歌集『瀬ノ音』の中には「建礼門院右京大夫集」と題する長い詞書を持つ歌群があり、それには「平安末期のもののあはれに一生を託してそが生涯を筆にうつしし右京大夫の集」とあり、「女歌人としても知らるること少なかりし右京大夫の為にうたへる歌」と結んで、七首の歌が載せられている。その最後の歌が掲出歌である。〈永久に覚めるときのない夢のような右京と資盛の恋物語が、今の世を生きる人々を泣かせるのだ〉というほどの意味であろうか。「ゆめ」と「現《うつつ》」は縁語ともなっている。この歌には、右京大夫が大原に隠棲する建礼門院を訪ねた時に詠んだ次の歌が揺曳《ようえい》しているように思える。

今や夢昔や夢と迷はれていかに思へどうつつとぞなき　　（『建礼門院右京大夫集』）

今が夢なのか昔が夢なのかと迷われて、どう考えても現実とは思えない。建礼門院の昔の栄華と変わり果てた今の寂れた暮らしのどちらが夢でどちらが現実なのかと迷い、どうしても眼前に見ていることが現実とは思われない、というのであるが、資盛との恋が二重写しにされているようにも思われる。

年月のつもりはててもそのをりの雪のあしたはなほぞ恋しき

建礼門院右京大夫『建礼門院右京大夫集』

こちらは建礼門院右京大夫の歌である。あまりに美しい切ない情景が詠みこまれていて、詞書とともに読むとその場面に引き込まれてしまう。

この歌は、作者の宮仕え時代の、資盛との交情を回想した部分に出てくる。二人の逢瀬の趣深い場面を回想していて、一首の意味は、年月がすっかり積もってしまっても、その折の雪の朝のことは今もなお恋しくて忘れられない。

「そのをり」とは安元年間（一一七五年頃）であろうか、まだ平家の勢いの衰えぬころであった。詞書の描写の筆が冴える。

そのとき右京大夫は宮中から里に退《さ》がっていた。雪が深く積もった朝、荒れた庭を眺めていると、そこへ「枯野の織物の狩衣《かりぎぬ》、すはうのきぬ、紫の織物の指貫《さしぬき》」を着て、「ただひきあけて入りきたりし（さっと戸を開けて入ってきた）」のは資盛であった。その様子はうっとりするほど優雅で忘れることができず、そののちさらに多くの年月が積もっても、心の中では間近いことのように思い出されて、返す返すも辛い、と詞書に書く。

当時の平家の公達はなかば貴族化していて、その衣装や身だしなみ、身のこなしは優雅そのものであった。「枯野」とは袷《あわせ》の狩衣（貴族の平服）の色目で、表は黄、裏は青の冬用であった。「指貫」は袴《はかま》である。右京大夫の里まで彼女を訪ねてきた資盛のあでやかな姿は白い雪に映えたであろう。

資盛が壇ノ浦で海に身を投じたのは、それよりほぼ十年後、寿永四年（一一八五）三月二十四日のことであった。

熊野御幸あふぎまつれる時すでにかげ高かりしこれの梛《なぎ》かも

『山と水と』

信綱は、昭和十五年十月に熊野の速玉《はやたま》神社に詣でて、この歌を詠んだ。この年は、神武天皇即位から二千六百年の節目にあたる年とされ、国を挙げて記念行事が行われた。その一環として、神武天皇東征の聖蹟を讃える顕彰碑が、神武上陸の地であるとされる熊野をはじめ、各地に建てられた。

『山と水と』には「新宮、速玉神社に竹柏の大樹あり」と詞書があって、この歌が載せられている。「熊野御幸」とは、平安末期から鎌倉期にかけて、歴代の上皇が熊野詣でに通ったことをいう。その回数は驚くべき数字で、白河上皇は九回、鳥羽上皇は十七回、後白河上皇は三十三回、後鳥羽上皇は二十八回に及ぶ。

後鳥羽上皇の四回目の御幸に藤原定家が供奉して、散々な目に遭ったことが定家の日記『明月記』に書かれている。それによれば建仁元年（一二〇一）十月五日に出発して、同二十七日に帰着したとあるから二十二日間に及ぶ旅である。これを後鳥羽上皇は二十三年間に二十八回も敢行したのである。これほどに上皇たちを熱中させた参詣の旅は、信仰のためばかりではなく、都では見られぬ海や山の珍しく美しい風光に出会える刺激的な物見遊山の旅でもあったのだろう。

ちなみに、定家が散々な目に遭ったというのは、下級貴族たる彼の主な役目は上皇の一行に先行して各王子社に手向けをしたり、宿泊や食事の手配をすることであったのである。体調不良をかこちつつ、何とか激務をこなしていたが、その上に、歌好きで催し好きの後鳥羽上皇が途中の王子社で歌会を頻繁に（実に九回も）催すので、そのたびに定家に下命があり、講義をしたり歌を詠んだりと、休む暇もなかったのである。それでも都に帰着した途端に彼の体調不良はよくなった。ちなみに、この熊野御幸から帰ってすぐに、後鳥羽上皇は『新古今和歌集』編纂《へんさん》の院宣を下した。

それから、ほぼ七百年後、信綱はそんな上皇たちの姿を思い浮かべながら、速玉大社の社頭の大樹、梛《なぎ》の木を見上げ、熊野御幸の途上の上皇たちがこの木を仰ぎ見た時も、この木はすでに高く茂っていたことだろうなあ、と詠んだのである。この梛の木は、現在、神木として周囲を柵に囲まれてあり、樹齢千年と書かれているから、上皇たちが熊野に通った時にも、すでに大樹としてそこにあったのだ。

ちなみに、梛の木は中国では「竹柏」と書き、信綱の父、弘綱は「竹柏園《なぎその》」と号したので、現在も「心の花」の結社名は「竹柏会」とされている。

さくなげの花の上に高く舞ふ――花を愛でる

ひまらやの山路、さくなげの花の上に高く舞ふとふ真白き孔雀

『山と水と』

信綱は、さくなげ、つまり石楠花《しゃくなげ》をよほど好んだらしい。晩年に移り住んだ熱海の凌《りょう》寒荘《かん》に石楠花が植えられていたようで、石楠花の歌を多数詠んでいる。「信綱かるた」には、やはり『山と水と』の中の「石南花の歌」七首のうちの一首「ものぐさのあるじ信綱あさなあさな庭におり立つ石南花さけば」が入っている。

ここに掲げた歌は、昭和二十四年の「讃石南花集」と題された六首の四番目に置かれている。庭の石楠花への愛着を込め、ひざを痛めて長く苦しんだ時の思いを石楠花にことよせて詠った連作の中に配されている不思議な一首である。〈ひまらやの石南花は、かつて高楠順次郎博士に聞けり〉と注がある。博士の話に基づいて想像した「映像」であろう。「ひまらやの山路」に咲く「さくなげ」は、おそらく紅《くれない》の石楠花であろう、その紅と高く舞

う孔雀の白の対照があまりに美しくて幻想的だ、と勝手に思い込んでいたら、『老松』の昭和三十六年に「高楠博士の談話をおもふ」という詞書がついた次の歌があった。

石南花の黄なる花の間《ま》をま白孔雀羽根かはし舞ふヒマラヤ山路《やまち》

石楠花は黄色だった！　こちらの歌の方が描写がより具体的で、眼前に見るようだ。白孔雀は掲出歌では「花の上に高く舞ふ」とあるが、こちらは「花の間」を「羽根かはし舞ふ」となっている。全く情景が違う。

しかし、掲出歌の方が、景が大きく、調べがなめらかで、歌としては筆者は好きだ。全体がすっきりとして、ひらがなの多用も、やわらかくロマンチックである。筆者の頭の中の紅い石楠花を、黄色い石楠花に入れ替えて、改めて掲出歌を味わうと、どこか東洋的で、より幻想的になるようだ。

なお、高楠順次郎博士は、仏教学者・インド学者であり、エスペランティストでもあった。「雪頂」と号した。信綱とは親交があり、古書の上で仏教上の疑義がある時など、博士に教えを乞うた。博士は時に歌を詠んで信綱に示したが、ある時、インドから帰っての歌を信綱が褒めたことがあった。その後、作歌を促されると「雪山《せっせん》へ旅行しないと名歌は出来ぬから」などとうそぶいていたという。一九四四年に文化勲章を授与された。ちなみに信綱は一九三七年に第一回の文化勲章を授与されている。

もやの底に花さきしづむ月見草《ぐさ》ほのぼのとして夜の道遠し

『山と水と』

『作歌八十二年』の昭和十六年八月の項に「盛夏を軽井沢万平ホテルにものして、『萬葉集の研究』の校正に専心し、十数日を過ごした」とあって、数首の歌のある中にこの一首がある。

月見草と言えば、太宰治の『富嶽百景』の中に「富士には月見草がよく似合う」とあるのが有名だが、その月見草は、小説の中では、富士山を望む御坂峠の近くの路傍に見た黄色い花であった。しかし、それは本当の月見草ではなく、実は大待宵草であったという。筆者も、太宰の勘違い（？）のお蔭で、月見草は黄色い花だと長く思い込んでいたが、本当の月見草は、夕方咲き始めるころは白色で、それが翌朝しぼむころには薄いピンク色になる。一夜花で月があらわれる時間に咲くので月見草というのだとか。江戸末期に観賞用として渡来したが、環境にあわず野草としては全滅、とも。

掲出歌は、信綱が軽井沢、あるいはその周辺の高原で見た光景を詠んだもののようだ。

靄の立ち籠めた宵のほの暗い道、その靄の底に月見草が白くほのぼのと見える。その道は遠くのびて靄の中に消えている、というような情景であろうか。夕間暮れに咲く月見草が夢幻的で、美しい歌だ。この歌や次に挙げる三首からは、その月見草は群落のように思われるが、どうなのだろうか。毎年夏には軽井沢に行っていた信綱にとって、印象的な光景だったのだろう。今となっては、信綱の見た光景はもう見られないのだろうか。

千くまあがた川上郷は川原も山高原も月みぐさの国　『山と水と』

野をゆけばほのぼの白き月よみの光の底の月見ぐさの花　『豊旗雲』

しろじろと花さきうかぶ宵暗の底は一めんの月見ぐさの花　『椎の木』

どの歌も、漢字とひらがなの配分が絶妙で読みやすく、調子もゆったりとして、うっとりする美しさである。

かぐはし花橘の香ごもりにみどりの海とほく展くるを見る

『秋の声』

五月、湯河原の柑橘園での詠。柑橘の花の香りに包まれて、遥かに紺碧の海が穏やかに広がっているのが眺められる。温暖な出で湯の国の光景が目に浮かぶようだ。

橘《たちばな》は、古来宮中の紫宸殿《ししんでん》の庭に「右近の橘」として有名で、そのかぐわしい香りは、昔の人をしのぶよすがとして歌に詠まれてきた。「五月待つ花橘の香をかげば昔の人の袖の香ぞする」(『古今集』、よみびとしらず) など。掲出歌の奥にも、そういう古典の香りが馥郁《ふくいく》とあるはずだ。

初句は四音であるが、信綱にはこの四音の初句が少なくない。仮に「かぐはしき」とすれば、「花橘」だけにかかるし、「かぐはしや」とすると何やら古めかしい感じになる。「かぐはし」と言い放ったところが新鮮で、作者の詠嘆を直截《ちょくせつ》に表現している。同じ時に詠んだ歌がもう一首ある。やはり四音で始まる。

たまゆら世も人もはた我もあらず山うづむる柑橘の花の香にひたり

併せて読むと、山全体のむせぶような柑橘の香りの中で、忘我の境地にいる作者の姿が思い浮かぶ。

鞍馬道秋の日ぬくし柿の実のみのたわたわに下照る小みち

『鶯』

山に満つこがねつぶら実たわたわに冬の日は照る有田の郡

『豊旗雲』

信綱の歌には、擬態語がよく用いられる。この二首の「たわたわに」の他、「ゆくらゆくら」とか「ゆれゆれに」とか、また以前にも紹介したが「さやさや」や「さやさやに」はたびたび出てくる。それらは万葉集にも見られる語で、信綱の歌の中で独特の雰囲気を醸している。

掲出歌の「たわたわに」は「たわわに」と同じで、枝が撓《しな》る（たわむ）ほどたくさんの実を付ける形容である。「鞍馬道」の方は秋十月の詠で、陽射しがたっぷり注ぐ秋の鞍馬道に柿の実がたわわに実り、その下の小道は柿色に照っている、とでも言おうか。「下照る」は、『万葉集』の大伴家持の有名な歌に、

春の園紅《くれなひ》にほふ桃の花下照《したで》る道に出で立つをとめ　（巻十九・四一三九）

と詠われていて、花の色でその下の辺りが美しく照り映えるという意味である。

「山に満つ」の方は、十二月の歌で、有田とあるから「つぶら実」は言わずと知れた蜜柑の実である。山の南斜面は蜜柑の木に覆われていて、そのつぶらな実がたわわに実っている。そこへ紀伊国の冬の陽射しがたっぷり注ぎ、いやがうえにも蜜柑を黄金のように光らせている。

どちらにも「たわたわに」と「照る」が用いられていて、柿や蜜柑の実を照らす明るい暖かな陽射しが感じられる。

やま百合の幾千の花を折りあつめあつめし中に一夜寝てしが

『思草』

『作歌八十二年』には、「山百合の幾千の花をとりあつめ集めし中にひと夜ねてしが」とあり、多少表記が違う。「信綱かるた」にも採られている一首である。

明治三十二年、信綱満二十七歳の若き日の作。四月に竹柏会第一回大会を開催し、意気揚々とした時代の華やかさ、おおらかさが出ているような歌である。「一夜寝てしが」は「一晩寝てみたいものだ」という意味である。万葉の叙景歌の名手、山部赤人が「春の野にすみれ摘みにと来し我ぞ野をなつかしみ一夜寝にける」と詠んだ。古代らしいおおらかな浪漫的な歌である。

その後、同じような趣向の歌がいくつも詠まれたが、江戸時代の『万葉集』の研究者契沖に次の歌があった。「手枕の野をなつかしみつぼすみれ一夜ねてこそつむべかりけれ」。万葉学者である信綱は、これらの歌におそらく強く惹かれていたのではないだろうか。

古代の人々は野遊びを楽しみ、野に寝ることも厭わなかったと思うが、信綱のこの歌は、必ずしも野に寝ることを意味したのではないかもしれない。「折りあつめあつめし中に」という表現がそのようにも取れる。そして若き信綱は「すみれ」ではなく、「山百合」の花で詠みあげた。それも幾千と「折りあつめ」るのであるから、壮麗である。

この歌が詠まれた時は、「八月　家族一同で大磯へ避暑にいった。谷あいの家であったが、近くに清い泉が湧き出ておったので、朝とくといっては静かに歌を思い、『大磯百首』をものした」(『作歌八十二年』)とある。この歌は友人と題詠した時の作で、題の一つが「百合」であった。ちなみに現在の大磯城山公園では、山百合の花がたくさん見られるという。山百合は一般的には七月から八月にかけて花期を迎えるが、大磯城山公園では六月末から七月半ばにかけてたくさん咲くという。信綱がこの歌を詠んだ当時は、その大磯の避暑地の家の近辺で山百合が群生していたのであろうか。

谷八谷《やたに》白雲かをる中にして家づくりせし月の瀬人は

『瀬の音』

結句に「月の瀬」とあるのは、現在の奈良県月ヶ瀬のことである。「古くは月の瀬と呼んだ」と註がある。昭和十五年、信綱六十九歳の時に月ヶ瀬を訪れ、その時に詠んだ歌三十余首が『瀬の音』に載っている。

信綱の父弘綱はとりわけ月ヶ瀬を愛したらしく、『月瀬梅風集』を公にしたとある。信綱は、父に「幼時に屢々その景勝を語り聞かせ」られたという（『作歌八十二年』）。その父に連れられて信綱十歳の折、ここを訪れ、そして六十年後に再訪した。

さて、掲出歌であるが、「谷八谷」とは、たくさんの谷々が連なっている風景、「白雲」とは白梅の一面に咲くのを白い雲に見立てたのである。いくつもの谷の、白雲がたなびくような梅花の香る中で人々は家を作り住まっている、というのである。白雲のような梅花の馥郁とした香りとそこに住む人々の家居をそっくり一首に詠み出している。一幅の絵を見るようであり、桃源郷を思い起こさせる。月ヶ瀬という山里のたたずまいを信綱も愛したのであろう。筆者も何度か月ヶ瀬を訪れているが、月ヶ瀬を歩く魅力は、美しい梅林を逍遥するというより、梅の咲き匂う里を歩いているという感じがして、その山里の風情が何とも言えない。

梅花を「白雲」に見立てた歌を、一連の歌からもう一首挙げる。

おほけなく人間にして香《かぐ》はしき白雲をふむ梅の渓かも

「おほけなく」とは、もったいなくも、というほどの意味である。「人間」は、じんかんと読むべきか、人の住む世界、という意味である。人の住む世界にいて天上の白雲を踏む、というふうに言葉を遊んでいる。「自分はもったいなくも人の世界にいて、香《かぐわ》しい天上の白雲を踏んでいることだよ、この梅の渓で」と、天上の香りのごとき梅の芳しい香りに、嘆息している。

虹は飛ぶ、遠いかづちの音ひびく真昼の窓の凌霄花《のうぜんかづら》

『新月』

「凌霄花」は、つる性の木にひときわ目立つ朱色の花を、六月から八月ごろまでたくさんつける。樹木や壁にからみついて伸び、花の時期は一面に朱の花で覆われ、遠くからでもそれとわかる。掲出歌の花は、窓に絡みついているのであろうか、あるいは、窓から花が見えるのだろうか。

不思議な雰囲気を持った歌だと思う。上の句では、虻《あぶ》の飛ぶ幽《かす》かな羽音が耳に近く聞こえ、遠くの雷の遠々しい音もする。下の句は、真昼に咲き盛る朱の花の饗宴《きょうえん》である。静謐な油絵を見るようである。物語の一場面を絵画にしたようである。信綱は何を、どんな物語を描きたかったのだろうか。

『新月』では、三十代の信綱が実験的な歌にさまざま挑んでいるように思える。この歌もその一つであろうが、「凌霄花」の花のように印象の強い、人目を引く歌である。歌にはあまり見ない読点も、『新月』では多く用いられている。『新月』は大正元年の発行で、掲出歌は明治四十年代に詠まれたと思われるが、当時、短歌に読点を用いることは他の歌人も試みたのであろうか。石川啄木が三行分かち書きをしたことは有名である。時代が下って、大正時代になると、釈迢空（折口信夫）は、

葛の花　踏みしだかれて、色あたらし。この山道を行きし人あり

のように、句読点を用いた歌を詠んでいる。いつごろから句読点を短歌に用いる試みがされたのか、信綱の挑戦であったのか、筆者は不勉強で知らない。

『銀の鞭』

現実の暴露《ばくろ》のいたみまさやかにここに見るものか曼珠沙華のはな

信綱四十代の詠である。「花卉《かき》」と題された一連の歌の中ほどに置かれている。その歌たちの中に詠み込まれた「花卉」は、牡丹・睡蓮・山吹・ひるがお・曼珠沙華・つきみぐさ……と並び、おそらくそれぞれの時期に詠み溜めた歌の中から「花卉」の題で選び集めた歌たちであろう。

それにしても、初句からの「現実の暴露のいたみ」という言葉は胸を衝かれる。他の歌と比べてもこの表現は特別で、強烈な印象を与える。「現実の暴露」と漢字を四つ連ねなければならないほどの痛みとは何だろう。思いもよらぬ現実を見せつけられて痛恨に堪えない、というようなことだろうか。そのような痛みを「まざまざと見るものであるよ」と曼珠沙華に言いかけている。曼珠沙華がその「痛み」を知っているかのように、作者の思いを受け止めてくれるかのように。あるいは曼珠沙華の花が、その痛みを作者に見せつけているのであろうか。

曼珠沙華は、葉のない長い白い茎の先に赤い不思議な形態の花を咲かせ、美しいというだけではなく、どこか異界の匂いのする花である。現実をひとつめくったところに咲く花という感じがする。「曼珠沙華」とか「彼岸花」とかいう名からの連想であろうか。他にも「死人花《しびとばな》」「幽霊花」のような呼び名もあるという。

痛恨の思いと異界を匂わせる花、そう並べてみると、この歌は不思議に現実味を帯びて私の心に突き刺さってくる。

そそりたつMonkey-Puzzle《ましらたゆたひ》眞黒《まくろ》き梢《こぬれ》かがよへり海の月のぼる

『佐佐木信綱　作歌八十二年』

『作歌八十二年』の昭和二十九年十二月の条に「渡辺氏の錦水荘にて」と題詞があり、この歌が載っている。残念ながら「渡辺氏の錦水荘」がいかなる所かわからない。ただ、この歌の「Monkey-Puzzle《ましらたゆたひ》」という表現の奇抜さ、面白さに目を引かれた。昭和二十九年に、短歌にこうした振り仮名を振るのは非常に新しかったのではないだろうか。

「Monkey」の振り仮名の「ましら」は猿の意味の古語であり、「Puzzle」の振り仮名の「たゆたひ」は動詞「たゆたふ」の連用形ないしは名詞形で、揺れる・動揺する、という意味である。「Puzzle」を辞書で引くと、混乱・当惑という意味がある。つまり、振り仮名は読みを表すと同時に「Monkey-Puzzle」の意味〈猿の当惑?〉でもあるのだ。

しかし、「Monkey-Puzzle」は、実は植物名であった。正確には「モンキーパズルツリー」という木で、日本名は「広葉南洋杉」。太古から生きている植物で、チリやアルゼンチンが原産地であるという。日本国内でも観葉植物として売られている。葉がチクチクして触ると痛く、猿も登れないことが名前の由来であるらしい。文字通り、猿が動揺する、当惑するというわけである。振り仮名としては非常に独創的ではなかっただろうか。現代でこそ、自由自在に振り仮名を使った歌もたくさん作られているが。

さて、錦水荘とは、別荘の名であろうか、旅館の名であろうか、はたまた植物園の名であろうか。とにかく大きな庭園があり、そこは海の近くであるらしい。そこに背の高いモンキーパズルツリーがそそり立っているのである。その異様なユーモラスでさえある木の黒っぽい梢が、海から上る月の光に照らされて輝いている、ということであろうか。その不思議な異様な光景を見て、それを表現するために、横倒しにしたアルファベットにひらがなの振り仮名を付けるという工夫で、読む者の意表を突いたのであろう。さらに、中五音以下が破調で、その異様な光景をより印象付けている。

短歌は発祥のそもそもが、人がお互いの意思を伝えあうもの、つまり挨拶のためのものであり、その場で即興に詠む（声を上げて言いかける）ことから始まった。平安文学に表れた和歌をみると、多くが口頭や書簡での贈答歌である。また歌合せなども盛んに行われたが、はじめは遊宴の場で対面で詠まれた。しかし新古今集の時代に至って、番数の多い歌合せが盛んに行われ（後鳥羽院が主宰した「千五百番歌合せ」など）、それは遊宴を伴わず、歌人は与えられた題の歌を自邸で詠んで提出し、有力歌人が判者となって優劣を判定するものとなっていった。また百首歌が盛んに詠まれ、題詠が主流になった。作者は目の前の人に詠《うた》いかけるのではなく、優れた歌を書くために、家に籠もって料紙を前に呻吟するようになったのである。

そこへ、振り仮名というものが生まれた。振り仮名は、江戸時代に出版が盛んになり、漢字の読めない層にも読めるようにと普及したのだという。漢字の左右に読み仮名と意味を並べた例もあるという。漢語の横にその意味の和語を付するということもあって、結構自由に振り仮名が用いられていたようである。

振り仮名はもちろん読みを表すことが主であるが、二列の文字を目で追うことができるから、二つの文字表現が同時に読者に訴えかける。単純に考えて情報量が二倍になるのである。そこに着目すれば、さまざまな実験的な試みが可能となり、歌語はより重層的になり、歌意もより複雑となる。現代の短歌では、音数・字数の調整、言葉の多義性、重層性を得るために、多様な振り仮名が用いられる。例えば、次のような表現も可能であろう。

長き手をしなやかに使い樹の上に暮らす孤独の「森の人《オランウータン》」
歌い手は Am I dreaming《夢見ているのだろうか》 と歌い it's bliss《至福のとき》 と歌いて止みぬ

掲出歌では、振り仮名付きの第二句に、「モンキーパズルツリー」という木のイメージ、猿が登り煩うという木の命名のイメージ、読み方の古雅で少しユーモラスなイメージを重ねて、下の句に連なっている。このようなユニークな先進的な短歌表現が、この時代の他にも見られるのかどうか、私は知らない。信綱の茶目っ気、遊び心、新し物好きが発揮されたアバンギャルドの短歌であると思う。

ひむがしの五条わたり――平安朝に遊ぶ

昔男ありけりひむがしの五条わたりのおぼろ夜の月

『銀の鞭』

『伊勢物語』の第五段の冒頭そのままの詠い出しである。短い段なので、次に挙げる。

昔、男ありけり。東《ひんがし》の五条わたりに、いと忍びて行きけり。みそかなる所なれば、門《かど》よりもえ入らで、童の踏みあけたる築地のくずれより通ひけり。人しげくもあらねど、たび重なりければ、あるじ聞きつけて、その通ひ路に、夜ごとに人を据ゑて守らせければ、行けどもえあはで帰りけり。さて詠める。

人知れぬわが通ひ路の関守は宵々ごとにうちも寝ななむ

と詠めりければ、いといたう心やみけり。あるじ許してけり。

大意は、男が東五条の辺りの女のところに、土塀の崩れ目からこっそりと通っていたが、主人（女の叔母）がそのことを聞きつけて、夜ごとに番人を置いたので、会えなくなり、男が歌を詠んで女に贈った。〈人目につかない私の通い路の番人よ、時々は居眠りしてくれたらいいいのに〉と。女がたいそう心を痛めたので、「あるじ」は許した。

おおらかな話である。「男」は一筋に女を思い、女はただ愛されるがままに男を慕い（多分）、「あるじ」は、その二人を最後には許すという。信綱は、この五段の冒頭部分の後に「おぼろ夜の月」と、第五句をぽんと置いた、それだけの歌である。しかし、この話には別のバージョン（続編？）もあるのだ。それは第六段だ。

昔、男ありけり。女の、え得まじかりけるを、年を経てよばひわたりけるを、辛うじて盗み出でて、いと暗きに来けり。芥川といふ河を率て行きければ、草の上に置きたりける露を、「かれは何ぞ」となむ男に問ひける。行く先遠く、夜も更けにければ、鬼あるところとも知らで、神さへいといみじう鳴り、雨もいたう降りければ、あばらなる蔵に、女をば奥におし入れて、男、弓・胡籙《やなぐい》を負ひて、戸口にをり。はや夜も明けなむと思ひつつゐたりけるに、鬼はや一口に喰ひてけり。「あなや」と言ひけれど、神鳴るさわぎに、え聞かざりけり。やうやう夜も明けゆくに、みれば、率て来し女もなし。足ずりをして泣けどもかひなし。

白玉か何ぞと人の問ひし時露と答へて消えなましものを

大意は、男が手に入れられそうもない高貴な女に何年も通っていたが、ついに女を盗み出して逃げる途中、夜になって雷雨が降って来たので、荒れ果てた蔵に女を入れて戸口で番をしていたところ、蔵の中で女は鬼に食われてしまった。

どちらの話も、女のモデルは後に「二条の后」と呼ばれた藤原高子であるといわれている。第五段で土塀を守った番人は女の兄たちで、第六段で女が鬼に食われたとあるのは、やはり兄たちが女を取り返したということらしい。どちらも主人公（に擬される）在原業平の一途な、それでいてどこかあっけらかんとした行動を描き、そして女は、草の上の露を見て「あれは何」と問うだけの、無性格の深窓の姫君である。ぼんやりしている。この話自体がぼんやりと、つまりおぼろに語られているのだ。おとぎ話のようである。そこで、信綱の「おぼろ夜の月」が生きてくるのであろうか。あるいは、すべてはおぼろ夜の月が見ていた、とでも解説しようか。

初句は「昔」で、三音である。初句四音の歌は今までに見たし、信綱は四音の初句は可、と言っているが三音はどうなのであろうか。この歌では、「昔」で、一息入れて後を続けると、読む者を『伊勢物語』の世界にすんなり引き入れてくれるようだ。

夕されば山霧おりてかや原の萱のなびきの音かそけしも　『常盤木』

大正四年秋、信綱四十四歳、箱根を訪れた時の連作の中の一首である。歌意は、夕方になると山霧が下りてきてかや原（薄の原）の萱《かや》のなびく音がかすかに聞こえることだ。この歌から思い起こされるのは、百人一首でよく知られた次の歌である。

夕されば門田の稲葉おとづれて蘆のまろ屋に秋風ぞ吹く　源経信

語句としては、初句の「夕されば」、つまり〈夕方になると〉というところが共通するだけであるが、どちらの歌も秋風が吹く時に立てる葉擦れの音を主題としている。

信綱の歌の意味は、夕方になると、山霧が下りてきて、麓の「かや原」の萱が山霧を下ろした風になびいて立てる音がかすかに聞こえる、というのであり、動きのある大きな自然の景を詠んでいる。経信の歌の方は、「門田」つまり、家の前にある田んぼの稲が「おとづれて」、つまり、そよそよと音を立てて、蘆《あし》で葺《ふ》いた粗末な家に秋風が吹くという、鄙びた里の情景である。

また、『万葉集』中の、大伴家持の次の歌もある。

我がやどのい笹群竹《ささむらたけ》ふく風の音のかそけきこの夕《ゆふへ》かも　（巻十九・四二九一）

こちらは「群竹」に吹く風の音であり、その音の「かそけき」とは、信綱の掲出歌の「かそけし」と同じ表現である。

風が立てる音、というのは、昔から歌に多く詠まれている。日本人は風の音に敏感だったのであろう。『古今和歌集』の立秋の歌に、

秋来ぬと目にはさやかに見えねども風の音にぞおどろかれぬる　藤原敏行

という歌がある。目にははっきりと見えないけれど、風の音に、ああ秋が来たのだなあ、と気づかされるというのだ。風は季節を感じとる幽かな調べであるのだ。

夏には早苗をそよがす風が吹き、秋には稲穂をうねらす風が吹く。春の草原、秋の薄野、どれも風がその風景に動きと音を添える。これら四首の歌を読むと、時代を経て日本の原

風景が見える気がする。

月かけも花も一つにみゆる夜は大空をさへ折らむとぞおもふ

紀貫之　寸松庵色紙

信綱から新村出への書簡集である『佐新書簡』から引いた。昭和二十一年六月二十九日付の書簡に、「近来の大いなる喜は過日寸松庵色紙のつらゆき」に続き、掲出の歌が挙げられている。つまり、最近の大きな喜びは、貫之の色紙の歌を発見したこと、というのである。さらに「勅撰集　夫木抄　貫之集にはみえぬ歌のやうに候」と書く。『古今和歌集』のような勅撰集にも、鎌倉後期に成立した私撰和歌集『夫木集』にも『貫之集』にも見えない歌のようである、と。さらに、「あまりに喜はしく物にかゝむかと存し居候　万一右の歌につき何にかのりゐ候事御承知に候はゝ御しらせいたゞき度候」。あまりに嬉しくて、何かに書こうと思っているが、万一この歌について何かに載っていることをご存じでしたらお知らせいただきたい、と。

まず信綱の喜びようが、子どもが何か素敵なおもちゃでも貰った時のように手放しなのがいい。そして親友の新村に、何か知っていることがあったら教えてほしい、というのである。新村がどんな返事を書いたのか、そして信綱が何かの本か雑誌にこの歌のことを書いたのかどうか知りたいところだが、今のところ調べがついていない。ちなみに、この歌は定家が書写した『古今和歌集』には載っていないが、いわゆる異本の元永本に載っているらしい。

この歌が書かれていた「寸松庵色紙」というのは、「三色紙」と呼ばれる名高い名筆の一つであり、大徳寺境内の茶室寸松庵に伝わったことから、そう呼ばれる。書いた人はわかっていない。現在ネット上でもこの色紙は見られる。いろいろな漢字が当てられて、不思議な訳も載っていて、おかしい。

信綱が喜んだのは、今まで知らなかった貫之の歌を発見したことに加え、この歌の意味の貫之らしい面白さもあっただろうと思う。一般に貫之の歌は理屈が勝って、情趣に欠けるという評がある。それで正岡子規などは貫之の歌をこき下ろしている。この歌は、その貫之の面目躍如というような類いの歌なのである。この歌を漢字交じりに書き直すと、

月影も花も一つに見ゆる夜は大空をさへ折らむとぞ思ふ

意味は、月の光も桜の花も一つに重なって見える夜は、その大空までも桜の花といっしょに折り取ろうと思ってしまう、くらいだろう。つまり月の明るい夜に見上げると桜の花

が美しい。月の光に照らされて空も花も一体となっているので、花を折り取ろうとして大空までも折り取ってしまいそうだ、というのである。大空を折り取るなど荒唐無稽で、情趣のある歌とはとても思えないけれども、何ともダイナミックで楽しい歌ではないか。信綱はきっとそんな歌が好きだっただろうと思う。

貫之にはこんな歌もある。

桜花散りぬる風のなごりには水なき空に波ぞ立ちける

この、大空を水（海）に見立てて、花吹雪を「波」が「立つ」と詠んだ歌が筆者は好きだ。ちなみに「なごり」は「波残り」の変化した形であるという。それならば地面に散った花は水泡ではないだろうかと、次の歌を詠んだ。

庭の面《も》に白く泡立つ桜ばな風にまかれて散りぬるあとは　佳子

今の世の美しきものアルミナの回転機の雪と清女は書かむ

『佐佐木信綱　作歌八十二年』

『作歌八十二年』の昭和十八年三月の条に、「蒲原及び三保なる軽金属会社にものした」とあり、この歌がある。そのすぐ後には、「清水船渠会社にて」と詞書のある歌も載っている。

三保・清水といえば、三保の松原があるが、その風景を詠んだ歌は載っていない。もっとも一月にも清水に来ていて、その時は日本平からの富士を詠んでいる。ちなみに、その時の歌は、

下《しも》つ半《なから》おほへる雲の上に立たし天つ峯なり神富士が嶺は

（『佐佐木信綱　作歌八十二年』）

三月の清水訪問は、清水市の港祭に門弟から招かれ、その経営する会社を見学した、と秘書の村田邦夫が書いている（『短歌入門』）。その門弟の経営する会社は「清水船渠会社」であるが、「蒲原及び三保なる軽金属会社」にも立ち寄って見学したのであろう。こちらは、現在の日本軽金属の蒲原工場と清水工場であろうと思われる。

さて、掲出歌の意味であるが、「アルミナの回転機」とは、アルミナを焼成するのに使われる回転式の窯であるらしい。「清女」とは清少納言のことであるから、清少納言なら、今の世に美しいものはアルミナの回転機の雪だと書くだろう、という意味である。

では、「回転機の雪」とは何か。これはこの歌だけでは理解しがたい。その前の二首の歌を見よう。

濛々と白きアルミナの煙まひおぼろなり工員のたくましき顔も

はしきかもまろがりおつる清き雪掌《て》にすくひみれば暖かき雪

「雪」とは、アルミナの回転機から濛々と舞う煙、転がり落ちる美しい清らかな「雪」、そして、手にすくってみれば「暖かき雪」なのである。時代の最先端の工業の生み出したこのアルミナの雪こそは、繊細にして斬新な感覚を持つ清少納言の審美眼にかなうものであろうという信綱の思い入れである。「はしきかも」とは「美しいなあ」という意味である。

ところで、清少納言は、「うつくしきもの」をどう表現しているだろうか。『枕草子』の一五一段「うつくしきもの」は、「瓜にかきたるちごの顔。雀の子の、ねず鳴きするにをどり来る。……」と続き、最後は、「なにもなにも、小さきものはみなうつくし」で終わる。「うつくしき」は古語では「愛らしい」という意味だから、こうなる。

ちなみに、「雪」の出て来る章段を見ると、「にげなきもの。下衆の家に雪の降りたる。また、月のさし入りたるもくちをし」（四五段）などとあって、身分の低い者のみすぼらしい家には雪も月も似合わないと、なかなか辛辣である。

「雪は、檜皮葺《ひはだぶき》、いとめでたし。すこし消えがたになりたるほど。またいと多うも降らぬが、瓦の目ごとに入りて、黒うまろに見えたる、いとをかし」（二五一段）と、この段は繊細な描写で彼女独特の好みを目に見えるように表現している。「檜皮葺の屋根に少し消えかかったころがよい。またそうたくさんも降らないのが、瓦の継ぎ目ごとに入り込んで、瓦が黒く丸く見えるのがよい」。さすが、目の付けどころがいい、と言いたくなるような文である。

此の島をよろしみと、竹、二もとを持ち来植ゑしとふ俊成の卿

『佐佐木信綱　作歌八十二年』


「此の島」とは愛知県蒲郡市の竹島のことである。海岸から四百メートルのところに浮かぶ周囲六百八十メートルの小さな島で、現在は竹島橋で対岸と結ばれている。風光明媚なところである。

「俊成の卿」とは、平安時代後期『千載和歌集』を撰進した歌人藤原俊成である。その子の定家は『新古今和歌集』の撰者となり、現在の冷泉家につながる和歌の家の礎を築い

た。俊成は、『古今和歌集』の伝統を尊重しながらも新風を取り入れて、新古今時代の歌風を用意した和歌の革新者である。

その俊成は、久安元年（一一四五）三十二歳の時に三河守として蒲郡に赴任し、荒れていたその地を開発し、琵琶湖の竹生島を髣髴させる海上の小島に、竹生島から弁財天を勧請し、八百富《やおとみ》神社を創建したと伝えられる。また竹生島から、竹を二本持って来て植え、それが増えて竹が多く生えるようになって、竹島と呼ばれるようになったと「竹島縁起」に記す。ただ、現在の竹島には竹は多くなく、島全体が照葉広葉樹に覆われ、高木の樹下には藪ソテツ・ツワブキ・定家カズラ・サネカズラなども多い暖帯林で、小面積の割に草木が密生し、国の天然記念物に指定されている。

掲出歌は、信綱が蒲郡を訪れた昭和九年の八月に詠んだもので、「俊成卿は、この竹生島に似た島の風光を賞でて、竹生島より竹を二本持って来て植えられたという」というほどの意味であろうか。

その後、昭和三十一年の十月に俊成の七百五十年記念祭があり、信綱は再び竹島を訪れた。『作歌八十二年』に「愛知県蒲郡市の竹島八百富神社の境内なる藤原俊成卿を祀った千歳神社の歌碑除幕式が挙行された。歌に曰く」とあり、次の歌が掲げられている。

歌人《うたびと》の國の司のみたまやどり千とせさかゆるこれの竹島

その、信綱の筆で散らし書きされたやさしい形の歌碑は、竹島の「千歳神社」の小さな祠の脇に建っている。

俊成は九十一歳の長寿を全うして元久元年（一二〇四）に亡くなった。その俊成の愛した竹島は「千とせ」を栄え、俊成は「千とせ」を栄える歌道の家の礎となった。

現在、竹島に架かる竹島橋に続く海岸は「俊成苑」と名付けられた緑地が広がり、若き俊成の像が竹島を眺める位置に立ち、その脇の歌碑には俊成の歌二首が彫られている。

岩間もる玉かげの井のすずしきに　千歳の秋を松風のふく

世の中よ道こそなけれ思ひ入る　山の奥にも鹿ぞ鳴くなる

二首目の歌は、百人一首に入っている。俊成は幼い時に父を亡くして他家へ養子に入り、苦労した。その不遇の時代に詠んだ歌で、世の中には私の生きるべき道はなく、思い悩んで入った山の奥にも鹿が悲しげに鳴いている、という意味である。心に沁《し》みる歌である。

蒲郡市は、一九八六年より「俊成短歌大会」を催し、俊成の顕彰を行っている。

くもり空ゆふ山かげの道はくらし――哀傷歌

くもり空ゆふ山かげの道はくらし君の棺のしづかに行くも

『豊旗雲』

木下利玄の死に際しての挽歌である。利玄は、東大在学中に信綱の教えを受けた信綱の愛弟子であり、竹柏会門下の逸材と呼ばれた人であるが、肺病のため、大正十四年二月十五日、四十歳で亡くなっている。

彼はまだ学習院の生徒であったころに、親族に伴われて信綱を訪問した。信綱は、利玄が江戸初期の歌人、木下長嘯子《ちょうしょうし》の流れの人であることを知り、利玄の才能に期待したのだった。

葬儀の時のことを、信綱はこう書いている。

君のとこしへの別れに、鎌倉にいつた日、冬枯の木立のさびしい名越《なごえ》の谷戸《やと》の奥なる君の家の門《かど》に立つと、老木の梅は多くの花をつけてゐたが、花の色もさびしげであった。悲しい読経の後、君の棺は門を出ようとする。近親の女の人の背におはれた唯一人の遺《わす》れがたみなる幼い利福君が、無心にながめてをられる姿をみて、自分は堪へられない思ひであつた。

（『明治大正昭和の人々』）

この文章が、掲出歌のすべてを語っている。葬儀は鎌倉の谷戸の家の曇り空の下で行われたのである。将来を嘱望していた弟子の早すぎる死を哀しむ思いが、「くもり空」に「ゆふかげの道はくらし」にひたひたと滲《にじ》んでいる。なお、門内の梅の老木についても、信綱は一連の挽歌の中で次のように詠んでいる。

門の辺に梅の花さけり澄み心深くまもらひうたひし人なし

木下利玄の、筆者の好きな一首を次に挙げておく。

牡丹花は咲き定まりて静かなり花の占めたる位置のたしかさ

志もゆきに美さをいろこきくれたけのちよをもまたてかれしかなしさ

『竹内浩三全作品集　日本が見えない』

八月になると、いつも竹内浩三のことを思い出す。一九二一年、伊勢市（当時は宇治山田市）の裕福な商家に生まれ、のびのびと育ち、詩や小説を作り、漫画を書き、自由と芸術をこよなく愛した。映画作りを志し、日大に進んだが、大学を半年繰り上げて卒業させられ、戦地に赴いた。終戦間近の一九四五年四月、フィリピンのバギオで戦死したとされる。遺骨さえも戻ってこなかった。

彼が、その詩「骨のうたう」（『戦死やあわれ』）の中で、「白い箱にて　故国をながめる」とうたったのは、自分の将来を予見したかのようだ。彼は、軍国主義の時代にあって、決して周囲の風潮に流されず、常に自由を求め、自由を楽しもうとした。その詩の眼は、最後まで濁らず、自由と真実を見続けた。

二〇〇〇年に「日本が見えない」という詩が発見され、筆者は衝撃を受けた。この詩は、浩三の日大在学中のドイツ語読本の余白に書かれていた。その最後の部分はこのように書かれていた。

日本よ
オレの国よ
オレにはお前が見えない
一体オレは本当に日本に帰ってきているのか
なんにも見えない
オレの日本はなくなった
オレの日本がみえない

『竹内浩三全作品集　日本が見えない』より

まるで、死後の世界から、戦後の日本、現代の日本を見て書いたような詩ではないか！詩人の何という直観力！

その竹内浩三の母よしは小学校の教師をしていたが、浩三が十二歳の時亡くなった。彼女は佐佐木信綱の門下であった。掲出歌は、信綱の弔歌である。

漢字を当てると「霜雪に　操色濃き　呉竹の　千代をも待たで　枯れし哀しさ」となるだろうか。三句までは「千代」を引き出す序詞のようになっていて、「霜や雪にも、色を変えることがない常盤《ときわ》の緑の、呉竹のように」ということである。「美さを」とは、冬でも緑の色を変えることのない竹の操、ということであるが、門人よしの、竹のように真っ直ぐな凛《りん》とした強さも表しているのであろうか。「呉竹の」は枕詞として、竹の縁で「よ（節）」に掛かる。ここでは「ちよ（千代）」を引き出しているか。「またて」は、待たないで、という意味である。

一首の意味としては、呉竹のように真っすぐな心を持っていた人よ、（その呉竹の緑のように）いつまでも変わらず、長い命を生きてほしかったのに、早くも枯れて（亡くなって）しまった哀しさよ、ということであろうか。若き門人の早過ぎる死を惜しむ信綱の心が表れている。

竹内浩三の最も知られた詩「骨のうたう」から一部を引いておく。戦争に流されず、戦争の現実を直視した先に、自身の死後の、戦後の日本を見透していた。

白い箱にて　故国をながめる
音もなく　なんにもなく
帰っては　きましたけれど
故国の人のよそよそしさや
自分の事務や女のみだしなみが大切で
骨は骨　骨を愛する人もなし
骨は骨として　勲章をもらい

高く崇められ　ほまれは高し
なれど　骨はききたかった
絶大な愛情のひびきをききたかった
がらがらどんどんと事務と常識が流れ
故国は発展にいそがしかった
女は　化粧にいそがしかった

『逍遥遺稿』

わが歌をあつめしふみの奥がきは君がかゝんといひけん物を

「君」とは、慶応三年（一八六七）伊予宇和島の生まれで、信綱より五歳年上の中野逍遥（本名重太郎）のことである。

彼は、東京帝国大学漢文科に学び、同窓に夏目漱石（英文科）、正岡子規（国文科）らがいた。明治二十七年、同科の第一回の卒業生となり、引き続いて研究科に残ったが、同年秋、二十八歳の若さで急性肺炎で没した。漢詩をよくした。彼の詩風は、制約の多い漢詩に恋愛感情を自由奔放に歌いこんで、島崎藤村、吉井勇らにも影響を与えたという。

掲出歌は、その逍遥の死に際しての、信綱の追悼歌である。逍遥の没後に編纂された『逍遥遺稿』の巻末の「雑録」に「親友中野重太郎君を思ひ出でゝよめる歌ども」と題して、十二首の歌が収録されているが、その終わりから二つ目の歌である。歌意は、私の歌を集めた歌集の奥書は、君が書こうと言っていたのに（それも果たさず、君は亡くなってしまった）。信綱の最初の歌集『思草』が出るのはその十年後のことである。

逍遥と信綱は、どのようにして出会ったのかはわからないが、逍遥を「狂骨」、信綱を「残月」と互いに呼び合って、漢詩と短歌で、互いの片恋を詠みあったという。信綱二十一歳から二十三歳のころである。信綱はこの年上の「心友」の下宿を、夜ともなるとほぼ一日おきに訪ねて、人生や恋を論じ、詩歌を作ったという。その場に、下宿先の夫人や逍遥の従妹が加わって、茶々を入れることもあったという。信綱にとっては実に楽しい時間であったろう。

『逍遥遺稿』外編に収められている二人が唱和した作品に、「ともにみし沖のしま邊の磯馴松秋風いかにさむくふくらん」という信綱の歌がある。この歌は、その後、森鷗外の「めざまし草」に発表され、信綱の第一歌集『思草』に、

共に見し沖の島べの磯馴松あき風いかに寒く吹くらむ

として、収録されている。

この「磯馴松《いそなれまつ》」とは、『逍遥遺稿』の文脈からして一人の女性を指す、というか、信綱の片恋の相手を意味することになる。それが誰かはわからないが、房州北条の女性であるという。ちなみに、信綱の自伝『作歌八十二年』の二十一歳の項には、「晩春の頃、安房北条在の小原氏に招かれてゆき、北条の歌会に列なり、沖の島、鷹の島に遊び、奈古から帰った」とある。その折に出会った女性であろう。あるいは逍遥と信綱の共通の友人であったかもしれないし、はたまた逍遥の趣味が創り出した架空の恋人に、信綱が乗っただけかもしれない。しかし、信綱も隅に置けない存在であったようだから、恋する女性がいても不思議はない。後に信綱の妻となる雪子の父は、そのころ、房州つまり千葉県の知事であったから、その房州での歌会で信綱は雪子に会い、雪子は信綱の門に入る。「磯馴松」は雪子であったかもしれない。

『逍遥遺稿』の信綱の追悼歌から、もう三首挙げる。さらにそれに続く長歌も挙げておく。


友とせむ人はすくなき世のなかに惜き君にもわかれつるかな

ゆく水のすみだの川のあきのつき誰とか見べき君なしにして

もろともにたてし心を語りあひて契りし事は夢にやありけむ

○

今戸のさとの秋の夜半、かたぶく月をながめつゝ、心しづかにかたらひし、四たりの人よいまいづら、さかゆく春を誇るあり、さびしき秋をかこつあり、君はつめたき世を去て、我はつれなき世にぞ泣く、みそらの月は秋ごとに、同じひかりにてらせれど、心しづかにかたらひて、ともにながめむ君はなし、

『秋の声』

信綱にとって、逍遥はかけがえのない友であった。互いに将来の勇躍を期していた友であった。逍遥の夭折《ようせつ》は、信綱にとって大きな衝撃であり、痛手であっただろう。

紫の古《ふ》りし光にたぐへつべし君ここに住みてそめし筆のあや

そのかみの美登利信如らも此の園に来あそぶらむか月白き夜を

この二首は、台東区立一葉記念館前の一葉記念公園に立つ歌碑に刻まれている。昭和二十六年、十一月二十三日の一葉忌に記念碑除幕式が行われた。一葉の死後五十五年目である。この歌の載る歌集『秋の声』には、「浅草竜泉寺町一葉公園のたけくらべ記念碑に」という詞書がある。

樋口一葉は信綱と同年の明治五年の生まれであり、小説を書く前、「萩の舎」という歌塾に学んでいた。信綱はそのころ、歌の修業のために何度か「萩の舎」の歌会に出席していて、一葉とも交流があった。その後、一葉は収入を得る手段として小説を書き始めるが、その小説家としての執筆活動はわずか十四カ月で、肺結核のため明治二十九年に二十五歳で亡くなっている。大正元年の一葉十七回忌には「心の花」で「一葉女史記念号」を出している。そして、一葉の死後、五十五年目にこの碑が建てられたのである。

一首目の「紫」とは紫式部、「光」は光源氏の物語を意味すると思われるが、あるいは、その『源氏物語』の、また作者紫式部の輝かしい栄光の「光」でもあるだろうか。「たぐへつべし」の「たぐふ」は匹敵する、なぞらえる、という意味であるから、一首は、「昔、紫式部の書いた光源氏の物語になぞらえるべき輝かしい小説を、あなたはここに住んで心を込めてお書きになったのですね」というほどの意味であろうか。

信綱は、「平安時代の女作家の小説は、ある意味において歌の延長であつたともいへる。

それはいづれも歌から入って物語に及んだのであつた。近代の女流のうち、最も大いなる天才樋口一葉に於いても、平安時代の女作家と似た関係を見るのである」(『明治大正昭和の人々』)と言っている。「萩の舎」で歌を学んでいた一葉が、小説に筆を染めた。信綱は一葉の中に現代の紫式部を見ていたと言ってもいいのではないか。

事実、一葉は『源氏物語』を愛読していたし、その日記も『紫式部日記』を意識していたかもしれない。彼女の『たけくらべ』の文体は江戸の戯作者の小気味いい味を出しているが、日記は、紫式部のそれのような情緒纏綿《てんめん》とした文体で、苦しい胸の内を描いている。早世しなかったならば、現代の『源氏物語』ともいうべき大作をものしていたかもしれない。信綱もその才能を惜しんだであろう。

二首目、「そのかみ」とは、その昔、その当時という意味である。その昔『たけくらべ』に描かれた、美登利や信如たちも、「此の園」、つまり歌碑の建つ一葉記念館前の公園に来て遊んでいるのであろうか、月の白い夜に、と読める。つまり、月の白い夜には、小説の中の美登利や信如たちがこの公園に現れて遊んでいるかもしれないというのだ。不思議に美しく妖しいメルヘンのような歌である。

ほがらかにつね語りゐし言《こと》のままに大洋《おほわた》の波にまぎれけむかも
北海の藻草のなかの屍の寒くあらむと云ふ吾妹はも

佐佐木治綱『秋を聴く』

『作歌八十二年』の昭和二十六年七月の条に、信綱の三男で『心の花』の後継者であった治綱氏の歌集の出版記念会のことが書かれていたので、その歌集『秋を聴く』を紐解いてみた（「心の花」ＨＰのライブラリーより）。秋の澄んだ大気と自然を静かに詠んだ歌のなかに分け入って行くと、息の止まるような歌に出会った。それが掲出の二首である。「挽歌　義弟鈴木健治戦死す」と題されているので、治綱氏の夫人の弟君が戦死された時の歌であろう、二首目の「吾妹《わぎも》」とあるのは「我が妻」の意で、亡くなった方の姉君でいらっしゃる治綱氏の夫人を指すのである。歌からは、義弟の君はいつも「ほがらかに」話される方とわかり、きっとおおらかな心の持ち主でいらっしゃったのだろう。その方がおそらく戦地の海上で敵の砲撃を受け、大洋に放り出されたのであろう。

一首目の「大洋の波にまぎれけむかも」という表現は、ことの重大さや悲惨さが抑えられて、弟君の穏やかな人柄を彷彿《ほうふつ》させるような柔らかな表現である。その死を、あえて現実のことと受け止めず、波に紛れ込んでその辺を漂っているか、あるいはどこかの波間を泳いでいるのではないか、と思わせるような、そんな詠みぶりである。悲嘆の極みに、このような優しく美しい挽歌を詠めることの不思議を思う。それゆえに心に沁みる歌である。二首目は、共に育ちいつくしみあった弟君の、海中《わだなか》の藻草に抱かれた屍《しかばね》は寒いであろうと思いやる夫人の言葉を詠い入れ、これも美しく優しい一首である。一読して胸が詰まる思いである。

夏が近づくと、あの遠い戦争を私たちは思い出す。また思い出さねばならないと思う。挽歌は、決して色褪《あ》せない形で、私たちに戦争の悲惨や理不尽さを訴える。

さて、『作歌八十二年』に戻る。信綱は治綱氏の歌集の出版記念会の日のことをこう回想している。

熱海を出る時に泰山木のつぼみの枝をもらったので、持っていって治綱君の前の卓にさしておいたに、諸氏の祝の詞のうちにほっかりと開いた。夜鶴の情かかる事さえも喜びに堪えなかった。外祖母延子刀自や雪子が世にあったらばとしのばれもした。

「夜鶴《やかく》の情」とは、親が子を思う深い愛情を意味する。治綱の外祖母延子と母の雪子はこれより数年前、相次いで亡くなっていた。

人いゆき帰りこなくに――妻　雪子への挽歌

人いゆき日ゆき月ゆく門庭の山茶花の花もちりつくしたり
　　　　　　　　　　　　　　　　　　　　　　　『山と水と』

人いゆき帰りこなくに山庭は紅梅の花咲きにけらずや
　　　　　　　　　　　　　　　　　　　　　　　『秋の声』

　二〇一五年、佐佐木信綱記念館では「信綱と雪子――二人三脚の執筆活動」と題する特別展が行われた。学芸員の解説があり、いろいろ興味深いことを教えられた。常々、信綱と雪子のなれそめがはっきりせず、靄がかかったように感じていたが、その靄が少し晴れたようであった。

　特別展では、雪子の信綱への一通のラブレターが展示されていて、興味深かった。達筆の仮名文字で書かれているので、残念ながら筆者には部分的にしか内容が読み取れなかったが、信綱を「兄さま」と呼んでいるのがわかった。信綱からのラブレターも何通もあったに違いないと筆者は思うが、おそらくは信綱が焼き捨てたのではないだろうか。雪子が大事に持っていたのを取り上げて……などと勝手に想像する。

　雪子は、信綱に先立つこと十五年、昭和二十三年十月十九日に七十五歳で亡くなった。九人の子の母として、何よりも有能な秘書として、信綱は雪子に全幅の信頼を置いていた。信綱の哀しみは大きく、その後数カ月にわたって挽歌が詠まれたようである。それらの挽歌は信綱の歌の中でもとりわけ秀歌揃いである。その中から二首を取り上げた。

　一首目は、亡くなってから一カ月後くらいの作であろうか。「人」は雪子をさし、「いゆき」の「い」は語調を整えるための接頭語である。雪子が去り、日も月も去りゆき、門庭にある山茶花《さざんか》も散りつくしてしまった、と詠んで、癒えない悲しみを花に託している。

　二首目は、昭和二十八年の作と思われる。一首目より数年後の春先に詠まれた歌であろう。同じ「人いゆき」で始まり、雪子は去って帰ってこないのに、この山の住居の庭には、紅梅の花が咲いているではないか、と自然はめぐりきて花は年ごとに咲くのに、雪子の帰らないのを悲しんでいる。なんとも美しく切ない挽歌である。

天地《あめつち》のいづこの隈をとめ行かばいゆきし妹にあへて逢ひ見む

これも信綱の妻雪子への挽歌である。雪子への挽歌には美しく哀しい絶唱が多い。この歌は、この天地のどこの隅《くま》を尋ね求めて行けば逝ってしまった妻に逢えるのだろうか、というほどの意味である。この歌の底には『万葉集』の柿本人麻呂の妻への哀切な挽歌が響いていていると思う。

秋山の黄葉《もみち》をしげみ惑《まと》ひぬる妹を求めむ山道《やまち》知らずも　（巻二・二〇八）

「柿本朝臣人麻呂、妻死にし後に、泣血哀慟《きふけつあいどう》して作る歌二首 并せて短歌」と題された短歌の一首である。意味は、秋山の黄葉があまりに繁っているので、迷い込んでしまった妻を捜しに行く、その山道がわからないことよ。

死んだ妻を、山道に迷ってしまったと表現している。昔の人は、この世とあの世はつながっていて、どこかにあの世への入り口があると考えていたようである。その入り口、あのイザナギノミコトが死んだ妻を訪ねて行った黄泉平坂《よみのひらさか》のようなところが、「秋山」の中の山道のどこかにあると人麻呂は考えたのだろうか。そうしてそこを探して妻にもう一度会いたいけれど、その山道がわからない、と。近代にも、愛する妹を失った宮沢賢治は、その妹を探しに、青森からオホーツクまで出かけて挽歌を作っている。
信綱の歌は、「秋山」を「天地」と替えて、この天地のどこかの隈に隠れている妻を何とかして探して会いたい、と詠っている。

あはれとのみ思ひて読みきエマニエルをうしなひし後のジイドが日記

『山と水と』

この歌も、信綱の妻、雪子の死の直後に詠まれた挽歌の一つである。歌意は、あのころはただ哀れとだけ思って読んでいた、長年連れ添った妻「エマニエル」を失った後のジイドの日記を、ということである。つまり、「エマニエル」の死後のジイドの日記を読んだ時は、ただ「あはれ」(かわいそうに)とだけ感じたが、自身の妻を失った後では、「あはれ」以上のことを感じたということである。

ジイドは、『狭き門』『一粒の麦もし死なねば』などの小説を書いたフランスの作家で、信綱とほぼ同時代人である。彼は長年にわたって日記を書き続けていて、出版もされている。妻のエマニエルは、二歳年上の従姉で、『狭き門』のアリサのモデルとされる。

エマニエルは、一九三八年四月十七日に心臓発作で急死した。雪子の死の十年前である。

ジイドの日記は、それ以後八月二十一日まで四カ月余り抜けている。その間、日記を書かなかったことについて、ジイドは八月二十一日の日記で次のように記している。

完全に一人ぼっちになったし、それにする仕事もほとんどないので、この手帳（日記を指す、森谷註）をまた書き始めようと決心する。数ヶ月この方、これからここに書こうとしていることとは全然違ったことを書きたいものと、これを旅から旅へと持ちまわっていた。だが、エマニュエルが死んでからというものは、生活に対する興味を失ってしまい、したがってもはや混乱と悲嘆と絶望しか表現できないような日記を書くことは止めていたのだ。（新庄嘉章訳）

そして、またこうも書いている。

彼女がいなくなってからというもの、私は生きているようなふりをしているだけだ。何事にも、自分自身にも、もはや関心が持てない。食欲もなければ、興味もなく、好奇心もなければ、欲望もない。魅力の失われた宇宙の中に生きている、そこから抜け出したいという希望しかない。

おそらく、信綱はこの日記を初めて読んだ時、ジイドの「混乱と悲嘆と絶望」に同情したであろうが、あくまで通り一遍の同情で、他人事でしかなかったであろう。それを「あはれとのみ思ひて」と表現したのである。ジイドは信綱にとってそれほど身近な存在ではなかったと思われるし、その時、自身の妻雪子の死ということは想像だにしなかった、というか、想像したくなかったであろう。

ジイドはエマニエルを愛しながらも、他の女性（あるいは男性）とも交渉をもっていた。信綱がジイドに本来それほどのシンパシィを持っていたとは私には考えられなかったので、ジイドの日記を信綱が読んでいたのは意外でもあった。しかし、同時代人だということを考えれば、当然関心は持っていただろう。あるいは、信綱は日記というものに特別な関心を持っていたのだろうか。『アミエルの日記』なども読んでいたようだ。

極熱《ごくねち》の三人がけの列車ぬち身をちぢめ読むアミエルの日記　（『山と水と』）

アミエルはスイス人の哲学者で、三十年にわたって日記を書き続け、死後出版された。右の信綱の歌は、太平洋戦争中、熱海西山から「上京する時々に」と題された歌で、列車の中で『アミエルの日記』を読み継いだのである。

さて、信綱自身が妻を失った時、ジイドの悲嘆、絶望は信綱自身のものとなった。信綱はジイドの日記の言葉にあらためて深く共感したであろう。ジイドの言葉が身に沁みて迫ってきたのだ。

ところで、信綱はいつ「エマニエルをうしなひし後のジイドが日記」を読んだのだろうか。エマニエルが亡くなった後で、雪子の亡くなる前ということになる。つまり一九三八年から一九四八年の間だ。そのジイドの日記は、フランスでは、一九三九年に、それまでの分が刊行されたようであるが、日本で『ジイドの日記』が刊行されたのは、一九五〇年以降のようである。エマニエルの死から雪子の死までの間、つまり一九三八年から一九四八年の十年の間に、信綱はジイドの日記を何らかの手段で読む機会があったのだろうか。

それにしても、短歌とは不思議なものである。ジイドは妻を失った直後、言葉を失った。彼の思いを吐露するべき日記は、四カ月余りも空白だった。それに比して、信綱は哀しみの中で、その直後に旺盛な作歌を試みて、彼の短歌の代表作とも思われる美しい挽歌群を生み出した。その違いは何だろう。むろん、ジイドの妻エマニエルの死は突然であったこともあり、ジイドの受けた衝撃があまりにも大きかったこともあるだろう。しかし、それとは別に短歌という文芸の特殊性が考えられるように思う。

短歌は、それが生まれた時、理屈でなく、修辞でなく、心情を率直に吐露する言葉であった。心の叫びであった。万葉の昔から、日本人は恋の歌、相聞と同じくらい挽歌を詠んできた。挽歌を詠むことによって、死の哀しみが癒され、昇華されたとも思えるのである。

新しき家ゐに我を見出だしし——歌と研究の一筋の道

新しき家ゐに我を見出だししわたましの夜の清き月かな

『常盤木』

明治四十五年の七月に、信綱は神田小川町の家が手狭になって、本郷西片町の家に移り住んだ。「わたまし」は引っ越しのことである。信綱四十一歳の時で、家族は九人になっていた。そして昭和十九年に熱海に移るまでの三十年余り、信綱はこの家に住んだ。孫の幸綱氏によると、仕事熱心で時間を惜しんだ信綱は広い家をいつも走って移動していたそうだ。ここで、雪子のエッセイ「西片町より」も生まれた。信綱が熱海に転居した後、この広い家は空襲で焼け出された家族が住んで、多い時は六家族がここで同居していたそうだ。

この西片町というところは、東大に近く、多くの学者や文士が住んだところであり、後に「学者町」と呼ばれ、学生の下宿が多いところから「学生町」とも言われた。明治二十七年には、樋口一葉が何度目かの転居の後、この西片町に引っ越してきて、その家で『たけくらべ』などの名作を書き、明治二十九年十一月に二十五歳で亡くなっている。一葉には、同じく下町の生まれである夏目漱石の兄との縁談もあったという。

その漱石は、明治三十九年に西片町に引っ越してきた。明治四十一年の朝日新聞に連載された小説『三四郎』には、ここの地名がたびたび出てくる。信綱と漱石は文通したり、お互いの家を行き来したりしている。漱石が信綱の家を訪れて、午前から夜までずっと語り合ったこともあったという。

こんな逸話を信綱は書き留めている。（カッコ内は森谷の註）

> 市ヶ谷の大塚（大塚保治）家を（漱石と）二人で訪問した折、自動車をおりて狭い道を歩き歩き、夏目さんは度々時計を出して見られる。どうしたわけかと思つてゐるうち、ふと立ち止まつて、ポケットから散薬の包を出し、仰向いてそのまま服《の》まれた。驚いて問ふと、「薬を飲む時間を、厳格に守らなければならないので、途上でも水なしでのみつけてゐる」と言はれた。
>
> （『明治大正昭和の人々』）

漱石は持病の神経衰弱と胃潰瘍に悩まされていて、明治四十三年には、いわゆる「修善寺の大患」で死線をさまよった。その数年後、胃潰瘍による大吐血で死去するのである。漱石は、西片町には九カ月しか住まなかった。その漱石が転居した後の家に魯迅が入居したという。また、二葉亭四迷が、そのちょっと前に、漱石の家と目と鼻の先に住んでいたという。そのころ、これらの文人たちは、この狭い地域に住み、人力車で互いに行き来したりしていたのだろう。それを想像すると不思議になつかしい。

その西片町の信綱の家は、庭もあった。掲出歌は、やっと引っ越しの慌ただしさが一段落して、ほっと落ち着いて、新しい家の中にいる自分自身を見出した、という歌だ。もう日が暮れていて、空には清々しい月が出ていて、その月の光を眺めて感慨に浸っている信綱の姿が目に見えるようだ。

さて、現在の文京区西片町の石坂という坂の途中に、文京区が設置した史蹟板があって、それに「西片町の景」と題した信綱の歌が載っているという。

交番の上にさしおほふ桜さけり子供らは遊ぶおまはりさんと　（『椎の木』）

という歌であるが、歌集の歌と史蹟板の歌とは少々異同があるようだ。歌集の名の「椎の木」は、この西片町の家の隣家との境に椎の木が何本か立っていて、それを歌集の名にしたという。

牛を追ひ牛を追ひつつ此の野邊にわが世の半はやすぎにけり

『佐佐木信綱　作歌八十二年』

『作歌八十二年』の明治三十四年の一月の項に「辛丑《かのとうし》の年に因みて、牛を」と題して三首の歌が載っている。掲出の歌は、その一首目の歌である。この年、信綱は三十歳であった。歌に「わが世の半《なかば》はやすぎにけり」と詠まれているのは、父を六十四歳で失った信綱の感慨であったろうが、結果としてこの年信綱はその人生の三分の一が過ぎたところであった。

「牛を追ひ牛を追ひつつ」とあるのは、歌の道、古典研究の道一筋に歩んできたことをいうのであろう。「此の野邊」とは、歌や古典の世界、あるいは自らの研究生活をいうのであろう。また、三首目の歌では、将来に対する決意を詠っている。

牛に似ておのがあゆみの遅くともゆくべき限りゆかんとし思ふ

ここでは「牛」は、信綱自身の歩みに喩《たと》えられている。牛はゆっくりと着実にゆるぎなく進むというイメージがある。夏目漱石が晩年（大正五年）に若い弟子、芥川龍之介と久米正雄に送った手紙がある。

……勉強をしますか。何か書きますか。君方は新時代の作家になる積でせう。僕も其積であなた方の将來を見てゐます。どうぞ偉くなつて下さい。然し無暗にあせつては不可《いけま》せん。たゞ牛のやうに圖々しく進んで行くのが大事です。……

と書いた三日後に、追っかけるようにまた手紙を書き送っている。

……牛になる事はどうしても必要です。われわれはとかく馬になりたがるが、牛にはなかなかなり切れないです。僕のような老猾なものでも、ただいま牛と馬とつがつて孕める事ある相の子位な程度のものです。

あせつては不可《いけま》せん。頭を悪くしては不可せん。根気ずくでお出でなさい。世の中は根気の前に頭を下げる事を知つていますが、火花の前には一瞬の記憶しか与えてくれません。うんうん死ぬまで押すのです。それだけです。決して相手を拵えてそれを押しちゃ不可せん。相手はいくらでも後から後からと出て来ます。そうしてわれわれを悩ませます。牛は超然として押していくのです。何を押すかと聞くなら申します。人間を押すのです。文士を押すのではありません。

信綱の歌は三十歳の感慨、漱石の手紙は四十代の、弟子へのエールであるが、二人の持つ牛のイメージは重なっている。禅宗では「牛を追う」ということは真理への道を追い求めることを意味した。「十牛図」というものがあり、人が真の道に達するための道筋を示しているという。

春の日は手斧に光りちらばれる木屑の中に鶏あそぶ　『新月』

この歌を一読して、茂吉の次の歌を想った。

めん鶏ら砂あび居たれひつそりと剃刀研人《かみそりとぎ》は過ぎ行きにけり

鶏と刃物の道具立てが共通するが、その二つの取り合わせが一見何気ない日常を切り取ったようであって、その奥に何か危険を予感させるものを秘めているというところも共通するように思う。

信綱の歌は、農家の軒先の光景であろうか、手斧で木を削っている、その手斧に春の日が反射して光っている。そして辺りに散らばった木屑の中に、放し飼いにされていた鶏たちがやって来て遊んでいる。一昔前の田舎のありそうな光景であるが、それを切り取った作者の意図は、手斧のはらむ危険ないしは暴力性と、それを知るべくもない鶏たちの遊び、そして春の日というのどかさの対比の面白さがあっただろう。

茂吉の方はさらに手が込んでいて、「ひつそりと」という説明的な言葉が、読者にドラマチックなものを感じさせる。「めん鶏ら」が砂をあびて遊んでいるところに、たまたま剃刀研人《かみそりとぎ》が通り過ぎて行ったというだけのことなのだが、「ひつそりと」という説明的な言葉が入ることによって（この言葉はこの場面の描写には不要な言葉である）、その後に何かが起こりそうな予感を匂わせる。「剃刀研人」とは、剃刀や刃物を研ぐことを稼業にする行商のような人であったろうか。筆者の子ども時代、各戸を廻って鋏《はさみ》や包丁を研ぐ人々が行き来していた記憶がある。茂吉は、「剃刀研人」が過ぎゆく場面を見た時、信綱の掲出歌を想い、それに触発されて、さらにドラマチックな仕立てによって、信綱の描いた怪しい感覚を増幅させたのではないだろうか。

筆者は茂吉の歌を先に知り、その新鮮さに瞠目したが、それより先に詠まれた信綱の掲出歌を後で知って、茂吉の歌のルーツを見たような気がした。

秋の風町かどをまがる風呂敷の中に時うつぼんぼん時計

『豊旗雲』

昭和三年、信綱五十七歳の作である。風呂敷の中にぼんぼん時計を包んで町かどを曲がるのは誰だろうか。作者の信綱だろうか。ちょっと想像しにくい。その時計が、いきなりぼんぼんと鳴り出したらさぞびっくりしたことだろう。不思議な歌である。「秋の風」という言葉も意味ありげでもあり、そうでもない気もする。

「佐佐木信綱研究」第1号の企画「私の好きな信綱の一首」で、篠弘がこれを挙げている。その評を引用すると「風呂敷包みに掛け時計をかかえるのは、おそらく若い使用人の小僧であろう。素材としては珍しい。街角を曲がる瞬間に、ぼんぼん時計が鳴り出した瞬間に出会い、当人以上に作者が驚いた、はからざる滑稽味が溢れる」と。すると時計屋の小僧が、時計を風呂敷に包んで客に届ける途中の曲がり角で信綱に出会い、その瞬間に時計がぼんぼん鳴り出したということであろうか。あるいは、信綱がどこかの街角で見かけた光景を歌にしたのであろうか。

篠はさらに「こうした無内容の事実を捉えて、共に生きている者が驚き合い、慌てふたむく態が愉しい」と続ける。つまりこの歌から、作者と小僧の二人が驚き合う様子が愉しいというのだ。そして「あの寺山修司の歌よりも、虚を突かれた者の臨場感が如実にうかがわれる」と結ぶ。「あの寺山修二の歌」とは、次の歌であろう。

売りにゆく柱時計がふいに鳴る横抱きにして枯野ゆくとき

筆者もまさにその寺山の歌を連想して、この信綱の歌に目をとめたのであった。こちらの歌は、掲出歌に比べて、作為があらわであるように感じる。少なくとも「無内容の事実」ではあるまい。「売りに行く柱時計」から、何らかの差し迫った状況を想像させる。「ふいに」が寺山にしては説明的である。「横抱きにして」は、その主人公の緊張感を持った姿を具体的に現出させる。「枯野ゆく」が不思議で、異常な感じを煽る。この歌はいやが上にも読む者の想像力を掻き立て、これでもかこれでもかと迫る。

それに比して、掲出歌は、おそらくは作為はほとんどなく、ありのままを歌にしたのではないか。それを篠は「無内容の事実」という。そして、篠の言うように「虚を突かれた者の臨場感が如実にうかがわれる」のである。一方、寺山の臨場感はまるで劇場で舞台を見ているようである。信綱の歌の主人公は市井の人、寺山の方は劇を演じている俳優のような感じがするのである。これは想像であるが、寺山は、信綱のこの歌を読んで、自分の歌を思いついたのではないだろうか、劇を作るように。

筆者の根拠のない大胆過ぎる思いつきであるが、前に挙げた「手斧」の歌は茂吉の歌に、この「ぼんぼん時計」の歌は寺山の歌につながったとすれば、信綱の歌は他の歌人の歌作のヒントになることが多かったのではないか。信綱の歌の「無内容の事実」は、そこにストーリーを加えて新しい歌を作りやすかったのではないか。無彩色の絵に彩色を施すように。歌の歴史を振り返れば、新古今時代の歌人たちが古今を諳んじるまで読み込んで、そこからヒントを得て新しい歌を詠み出した、いわゆる本歌取りがあるように、古い歌が新しい歌に影響を与えるのは必然のことではある。

心よりやがて心に伝ふればさく花となり鳴く鳥となる

釈宗演『楞伽窟《りょうがくつ》歌集』

釈宗演は、明治から大正にかけて活躍した臨済宗の傑僧である。安政六年(一八五九)に若狭国高浜村に生まれ、十二歳の時、妙心寺で得度し、鎌倉円覚寺で修行、慶応義塾に学び、セイロンに渡って修行した。三十四歳で円覚寺管長となり、二度の渡米で、禅をアメリカに広めた。文化人でその教えをうけた者は多い。

宗演については、さまざまな逸話がある。『近世若州僧宝伝』(臨済宗相国寺派第四教区発行)によると、七歳の時、人相見に「この子は激しい性格をしている。在家のままでは、きっと良くないことが起こるだろう。出家させたらよい」と言われ、京都の妙心寺に入ったという。

備前の曹源寺で修行していた時、そこの儀山和尚が「宗演は時々参禅に来るが、あれは体が小さく痩せている。長生きはできないだろう」と言うのを、宗演はこっそり聞いて冷や汗を流した(実際、彼は満年齢五十九歳で亡くなった)。当時、修行道場では宗演を「あばれ者」と呼んで嫌っていた。しかし、何人かの長老たちは、宗演を庇《かば》った。円覚寺の洪川師は、宗演の才能を認めて厳しく鍛え上げた。師は宗演を絶賛して「若狭の宗演禅師は、観音の生まれ変わりである」と言った(以上、同書「円覚寺の洪嶽宗演禅師の伝」より)。

宗演の東慶寺蔵の頂相《ちんぞう》(肖像画)を見ると、眉根を寄せ眼光きびしく口元を固く引き結んだ顔が印象的である。しかし、弟子の鈴木大拙によると、彼は師宗演に大いなる人情を感じ、父のように思っていたという(同書「釈宗演と鈴木大拙」より)。

鈴木大拙は元英語教師であったところから、宗演は仏教書や講演原稿などの英訳を大拙にさせたという。大拙は修行時代に円覚寺内の帰源院に止宿して参禅していたが、そこに、二十七歳の夏目漱石も十日ほど同宿している。ちなみに、その漱石の参禅の様子は、小説『門』に描かれ、大拙は同宿の居士として「剽軽な羅漢のような顔をしている気楽そうな男」

と描写されている。

信綱は、明治四十二年、三十七歳の時、横浜三溪園で初めて五十歳の宗演と会った。その時信綱は、「吾が仏尊しならぬ吾が道尊しと思ふ自分は、初対面の老師に向かつて、歌をすすめ、『古くは桑門に歌人が多かつたが、明治以後は、行誡上人唯一人であるから』などと語つた」と『明治大正昭和の人々』に書いている。「桑門」(僧侶のこと)の「歌人」とは、信綱の頭にはまず西行があったであろう。行誡上人とは、幕末から廃仏毀釈の時代に仏教界をリードした高僧で、和歌をよくしたという。宗演は、「『詩は絶えず作ってをるが、歌は』と云ひつつ、ややしばらく考へられて後」に示した歌が掲出の歌である(同書)。信綱は、会う人ごとに歌を所望したということは、以前にも書いたが、三十七歳の若輩の身で、高僧である宗演に、いきなり歌を所望したのである。宗演は、やや困惑気味だったようだが、しばらくして詠んだ歌の、味わい深いことに驚かされる。歌の言葉といい、流れといい、初めての詠とは思えない。

信綱はこの歌をどう解釈し、評価したのであろうか。それは書かれていないが、筆者には禅の真髄がこの一首に表されているのではないかという気がする。「心よりやがて心に伝える」とは、いわゆる「以心伝心」ということであろう。禅宗で、言葉や文字では表せない奥深い仏教の真髄を、心から心へ伝えてさとらせるという意味があるという。言葉を介して伝えられることは限りがある。人が心から心へ、そのまま直接に真理を伝えることができれば、自然界の花や鳥のように命をあるがままに全うすることができる、あるいは、自然界のすべての命を花開かせることができる、ということであろうか。禅は、人間のみならず、生きとし生けるものをすべて包摂した世界であるように思える。

この後、宗演は時々歌稿を携えて信綱を訪れたという。宗演の死後、信綱の手によって『楞伽窟歌集』が刊行された。「楞伽窟」は宗演の号である。歌集の冒頭には掲出歌が置かれた。

しのべばわが眼前《まなかひ》にうかびくる雲中語のつどひ観潮楼歌会

『佐佐木信綱　作歌八十二年』

『作歌八十二年』の昭和二十九年、信綱八十三歳の条に「七月　観潮楼の跡に永井荷風君執筆の鷗外大人の詩碑が建った。除幕式に参列して追悼歌をささげた」とあり、三首の歌が挙げられている。その二首目の歌である。なお、歌集『秋の声』には、「しのべば、今まなかひにうかびくる観潮楼歌会雲中語のつどひ」として載っている。

「雲中語のつどひ」「観潮楼歌会」は、森鷗外が主催した文芸批評の会及び、歌会である。鷗外の千駄木にあった自宅は、二階から品川沖が眺められたので「観潮楼」と名付けられたという。
「雲中語」は、明治二十九年発刊の鷗外主宰の雑誌「めざまし草」の文芸批評欄の名である。幸田露伴、落合直文、斎藤緑雨、尾崎紅葉ら当時一流の文学者を「観潮楼」に集めて合評が行われた。信綱は、員外としてたびたび招かれ、執筆もし、また短歌も載せている。信綱二十五歳の時である。その後、明治四十年三月から「観潮楼歌会」が開催され、その参加者は初め、主人森鷗外の他、与謝野鉄幹、伊藤左千夫、それに信綱であったが、後に北原白秋、石川啄木、斎藤茂吉らも加わったという。そのいきさつについて、信綱が『作歌八十二年』の明治四十年の項に書いている。

（会が始まって）後数ヶ月たった会の終る時に与謝野君が、来月は僕のところへくる若い者をつれて来ますからとの詞に、自分も木下君や新井君などをというと、与謝野君は、いやこの会の事は僕に任せてくれたまえと強くいわれた。翌月から、木下杢太郎、吉井勇、北原白秋、石川啄木をつれてこられ、伊藤君は斎藤茂吉、古泉千樫君などを伴いこられて、歌の競詠会のようになった。自分は不服であったが、与謝野君と喧嘩をするのもと思い、鷗外さんに対して毎月出席した。はじめは雲中語のつどいのような森さんの考えであったかと思われたが、観潮楼歌会として二年ほどつづいて、歌壇にもその名の残る会となったのであった。

与謝野鉄幹の、信綱を牽制するかのような発言は、信綱には不愉快であっただろう。鉄幹は、そのころ、「新詩社」を興し、「明星」を創刊、晶子の活躍もあって、詩歌の革新に向けて、飛ぶ鳥を落とす勢いであった。信綱は「不服であったが」、主催者鷗外との信頼関係があったので、その後も毎月会に参加したというのであろう。結果的に、「観潮楼歌会」は新進歌人たちの交流の場となったのである。

歌意は、あのころを思い出すと、雲中語の集いや観潮楼歌会のようすがありありと私の眼前に浮かんでくることだ、くらいか。観潮楼歌会が開かれたのは、信綱三十六歳の時であった。苦々しい思いをしたことも含めて、半世紀前の思い出は、懐かしく愛おしく信綱の脳裏によみがえったことであろう。

なお、掲出歌の説明にある「鷗外大人の詩碑」とは、昭和二十九年、鷗外の三十三回忌に建立された「沙羅の木」の詩碑である。また、昭和三十七年の鷗外生誕百年には、信綱の筆による「観潮楼址」の碑が建てられた。署名は「源信綱九十一」と書かれている。

呼びかけし心を今に受け止める　茂吉、柴舟、信綱、空穂

三枝昂之《さいぐさたかゆき》『遅速あり』

信綱を詠み込んだ短歌を掲げた。三枝昂之の歌集『遅速あり』は、平成三十一年四月に刊行され、翌年六月に釈超空賞を受賞した。掲出歌は、その四章「地上の人」の九首目に置かれた歌であるが、その一首目は、「平成三十年、日本歌人クラブは創立七十年となる」と題した次の歌である。

行きがかりのえにしはありて月ごとの五反田通いも十年となる

「五反田」には日本歌人クラブの事務局があり、三枝は平成三十年の時点で、十年間歌人クラブの役員、会長として五反田に通ったのである。掲出歌には「創立への発起人は一八三名」という詞書があり、日本歌人クラブの創立に百八十三人の歌人が発起人として名を連ねた、その中に「茂吉、柴舟、信綱、空穂」の名があったのだ。

日本歌人クラブとは、日本最大の歌人団体で、第二次大戦終了後まもない昭和二十三年に発足し、百八十三人の発起人のほか、近藤芳美・佐藤佐太郎・宮柊二ら中堅歌人が参加した。その創立七十周年に当たって、会長の任にあった三枝の思いが掲出歌であろう。「茂吉、柴舟、信綱、空穂」らが呼びかけた心を、今私は受け止めている、という意味である。なお、日本歌人クラブのホームページでは、発起人として、茂吉を筆頭に、土屋文明・釈沼空・尾上柴舟・佐佐木信綱・窪田空穂、土岐善麿・前田夕暮と続くが、そのうち三枝は掲出歌に四人を挙げた。

三枝の平成十七年刊行の『昭和短歌の精神史』には、信綱に触れた部分が多い。太平洋戦争の時代、歌人たちはこぞって戦争の歌を詠んだが、その中で信綱の、昭和十六年十二月九日の、日米開戦の翌日に読売新聞に顔写真入りで載った「元寇の後六百六十年大いなる国難来る国難は来る」という歌、敗戦の当日八月十五日に中日新聞に載った「昭和二十年八月十五日此の日永久《とは》に日本臣民《みたみ》の胸に永遠《とこしへ》に」などの歌を紹介しているが、いずれも当日の直前に新聞社から依頼され、断り切れずに詠んでいる。信綱らしい。三枝は他の歌人の歌も挙げながら、信綱の歌を評価している。

ちなみに、昭和十九年の時点で「短歌は国民の戦意持続に寄与するところ大だった」と三枝は書く。戦後、斎藤茂吉は戦争協力者呼ばわりされた時、歌人のほとんどが皆戦争協力者じゃないか、ということを言っている（三枝、同書）。

戦後、俳句や短歌のような短詩型では、現代の複雑な心情などの描写は無理だという言説が出た時、信綱は「自分は社会が複雑になればなるほど、短詩型の文学は必要を増すと考える」と述べた、と書かれている。そのことを詠んだ『遅速あり』中の一首。

複雑な世にこそ歌の要は増す　信綱大人《うし》の断言ぞよき

次に、『昭和短歌の精神史』で、三枝が「心憎いほどみごとな短歌論、幸福論である」とする啄木の言葉を挙げる。

人は歌の形は小さくて不便だといふが、おれは小さいから却つて便利だと思つてゐる。（略）一生に二度とは帰つて来ないいのちの一秒だ。おれはその一秒がいとしい。たゞ逃がしてやりたくない。それを現すには、形が小さくて、手間暇《てまひま》のいらない歌が一番便利なのだ。実際便利だからね。歌といふ詩形を持つてるといふことは、我々日本人の少ししか持たない幸福のうちの一つだよ。

ふみ行かむいばらの道とかなしみしをみなを今にしのびけるかな

斎藤茂吉『白桃』

右は信綱の歌ではなく、信綱が茂吉に詠ませた歌である。茂吉の題詞には、「『静』賛歌。昭和八年五月一日歌舞伎座に、佐佐木信綱博士作『静』が上演されたので、招かれて観に行った。その日、佐佐木博士より歌を所望せられたので、次のごとき歌を色紙に書いた。

五月三日」とある。

掲出歌の「をみな」とは「静《しずか》」のことである。信綱作「静」の歌舞伎を見て、彼女の踏み行くいばらの道のかなしみを改めて今に偲んだ、というのである。ちなみに、この歌舞伎「静」には西行が重要な役回りを務めている。

信綱は会う人ごとに誰彼なく歌を所望した。角川「短歌」誌二〇一五年十月号に、幸綱氏が高校時代に「目撃」した話を書いていられる。新聞社のカメラマンが正月用の写真を撮りに来た時、「私は短歌を作らせるのが仕事。あなたにも短歌を作ってもらいます」と言って、原稿用紙と鉛筆を渡した。若いカメラマンは困っただろうが、何とか短歌を作り、信綱はそれを添削し、写真を撮らせた、と。

歌舞伎座で「静」が上演された時、招かれた茂吉にもその場で色紙を渡し、歌を所望したのであろうか。茂吉も「では作りましょう」と言って、掲出歌を作ったのだろうか。ちなみに、この茂吉の歌を紹介していられる永田和宏氏は、この歌は全然よくないと言っていられる。茂吉は近代最大の歌人ではあるが、いい歌もつまらない歌も作った、と。（第三十二回子規顕彰全国短歌大会講演より）

五月雨にからかさ借りて本町の朝の市見る旅のうた人

『思草』

『作歌八十二年』の明治三十三年、信綱二十九歳の条に、五月に「信濃より越後に赴い」たことが書いてある。碓氷峠《うすい》、軽井沢、御代田《みよた》から別所、そして川中島の古戦場から善光寺を経て新潟への旅である。

掲出歌は新潟での詠で、「本町」とは、新潟市に江戸時代からある町名であるという。いったいこの新潟というところは、江戸時代は日本海側の屈指の湊町として北前船が寄港して栄え、町も運河沿いに縦横に道が通じていたらしい。本町というのはその中心だったのだろう。

明治の初めに日本列島を縦断して長野から新潟、北海道までも探検旅行をした英国人女性イザベラ・バードが、『日本紀行』の中に新潟の町のことを詳しく書き記している。その運河に沿った市街にはさまざまな店が立ち並び、イザベラの興味を惹いた。ある通りには床屋ばかりが並び、ある通りにはかつら、まげ、入れ毛、女性のかもじの店ばかり、ある通りにはあらゆる種類のかんざしを売る店、また下駄を扱う店、傘を扱う店、漆器店、仏具店などと、細かく書き記している。さらに綿打ち屋、鋳掛屋《いかけ》、薬草屋、両替商、たばこ刻み屋等々、筆者もそんな通りを歩いて店を覗《のぞ》いてみたいと思ってしまう。

それが明治十一年の新潟であった。信綱が訪れたのは、その二十二年後の明治三十三年であるから、まだその面影が残っていたであろうか。掲出歌では、信綱は「五月雨」の中を「からかさ」(唐傘、和傘のこと)を借りて、その本町の朝市を見て歩いたという。自分を客観化して「旅のうた人」と詠んでいる。

さて、その後に面白い話が出てくる(『作歌八十二年』)。新潟市古町に鍋茶屋という江戸時代からのすっぽん料理の店が今もあるのだが、そこでの宴会に招かれた信綱に、舞妓が扇をひらいて「去年お出での紅葉先生にも書いていただきましたから」と言って揮毫を所望した。信綱は「紅葉山人は達筆、自分は悪筆で」と断るが、傍らにいた新潟新聞の記者が「この舞妓は水上屋のおたひという新潟一でありますから」と言うので、書いた。

その歌は、

うたひめの君が名四方に流れなむ恋の湊の水上にして

信綱は、その歌の説明として「一句に『たひ』をよみいれ、四句は西鶴の文に『新潟は恋の湊』とあったのをとっさに思い出したのである」と書いている。一句の「うたひめ」の中に舞妓の名「たひ」を隠し入れ、さらに四句には西鶴の文の中の言葉を入れ込んだというのである。その上に、舞妓の置屋「水上屋」の「水上」も入っている。また、「水上」は「流れ」の縁語ともなっている。さすがである。

意味は、うたひめ（実際は舞妓であるが）のあなたの評判が、四方に流れて行くでしょう、恋の湊と言われる新潟の町の川のほとりから、くらいか。こういうふうに、所望されてその場ですぐ詠むという芸当を、昔の歌人はよくしたのである。この時の扇は新潟のどこかに今も残っているであろうか。

なお、大正元年刊行の『新月』に、さりげなく入っている次の歌は、この時のことを詠んだものだろうと思う。

春の夜を歌の筆とる越の国一《いち》のをとめが舞の扇に　『山と水と』

久にして味ふ珈琲のかをりよし主人《あるじ》は示す、古版伊曽保物語

ブラジルのコーヒーの香と向つ丘《を》のならの黄葉《もみち》と富人《とみびと》ぞ我は　『秋の声』

信綱はコーヒー好きだった？　明治四十四年、銀座に、ブラジルはサンパウロから輸入したコーヒーを飲ませる店「カフェパウリスタ」が出来たころ、多くの文士でにぎわっていたというから、信綱も通ったのではないだろうか。

信綱のコーヒーを詠んだ歌を二首取り上げた。どちらも老齢に達してからの歌である。一首目は昭和二十二年、信綱七十六歳の十二月の詠。「久にして味ふ」とあるのは、終戦直後のことだから、まだコーヒーは人々の生活に戻ってはいなかったのであろう。その久しく口にしていなかったコーヒーを出先で振る舞われたのではないだろうか。その主人が所蔵する『古版伊曽保物語』を見せてもらいに行ったのかもしれない。香り高いコーヒーと、信綱にとって宝のような文献（信綱のいわゆる眼福）、二つの幸せに出会った喜びが詠まれている。

なお『古版伊曽保物語』は、江戸時代、宣教師が日本語に訳したイソップ物語である。天草で刊行され、「キリシタン版」とも言われ、ポルトガル式のローマ字で当時の日本語の話し言葉が記されており、国語学研究上の貴重な資料であるとされている。

一方、二首目の歌は、信綱八十二歳、昭和二十八年の十一月の詠である。高齢になって外出も少なくなったころであろう。といっても信綱は八十歳過ぎても精力的に学術のための旅をしているが。この十年ほど前から、熱海の凌寒荘に住んでいたが、自然の豊かな地であったから、その家の部屋の中でブラジルコーヒーを味わいながら、ガラス窓の向こうに見える丘の美しい黄葉を眺めて、何という贅沢な人間であろうか、自分は、と嘆息している。味覚と視覚の両方を堪能しながら、多忙な日常の合間に訪れた、ゆったりとした至福の時間を味わっていたであろう。世の中は戦後から立ち直って活気を取り戻してきたころだった。

身を守る心起こりし其日より――片山廣子の歌

身を守る心起こりし其日より此かなしびは我に来りし

片山廣子『翡翠《かわせみ》』

片山廣子は十八歳で信綱の門に入り、「心の花」が創刊された時から歌や文章を発表し注目された。信綱もその才能を高く評価していた。その後アイルランド文学の翻訳でも、森鷗外や芥川龍之介らから高い評価を受けた。しかし、彼女の私生活は、必ずしも幸福であったようには見えない。

廣子は、明治十一年、東京麻布に外交官の父の長女として生まれ、東洋英和女学校に学び、家柄、美貌、才能を兼ね備えた女性だった。昭和三十二年に七十九歳で亡くなった時は、家は零落し、夫にも息子にも弟妹にも先立たれ、下高井戸の田舎に女中一人とのわび住まいであった。しかし、彼女はその晩年になって、真の心の自由を得たのだろうと筆者は思う。

彼女は、名家の貴婦人としての矜持《きょうじ》を持ち続け、慎み深い近づきがたい女性という印象を与えていたようだ。前川佐美雄は、母親ほどの年齢の廣子に対して、「何となく近寄りがたい、怖い人、と言っては語弊があるけれども、それに似た思ひをしてゐた」と、「心の花」の廣子の追悼号に書いている。「たしかに片山さんはスタイリストであった。（中略）よい意味でのスタイリストとして最高の人であり、又、唯一無二の人であった」「高い教養と知性を持ち、すぐれた文学的才能に恵まれながら、それをその如く遺憾なきまでに発揮せられなかったのは、畢竟はこのスタイリストであった為である」と書く。スタイリストとは、上流の夫人としての自負心を持ち、誇り高く、自らの内部に他人が踏み込むことを許さないという廣子の生き方を言うのであろう。それゆえに、彼女本来の自由奔放さが存分に生かされず、その文学的才能が遺憾なきまでに発揮されなかったと言うのである。

掲出歌は、その廣子の生き方を表した歌であるように思う。「身を守る心」つまり、保身の心、それは強い自負心の裏返しである。「其日」とはいつのことかわからないが、自意識が芽生えた時、あるいは自らの文学的才能を自覚した時であろうか、「其日」から廣子は、「此かなしび」、すなわち天真爛漫に振舞うことができない、言いたいことを思うさま言えないという憂いを心に抱くようになったのである。それは今風に言うならば、自意識過剰というのかもしれない。

第一歌集『翡翠』には、次の歌もある。

ちひさなる我がほこりをば捨てかねていふべきこともいはざりしかな

意味は、小さな自分の誇りを捨てることができずに、（そのために）言いたいことも言わなかったのだった。「ちひさなる我がほこり」とは、掲出歌の「身を守る心」であり、下句に廣子の「かなしび」が詠われている。一方で次のような歌もある。

ゆるしがたき罪はありとも善人の千万人にかへじとぞおもふ

この歌には、強い自負心、自己愛が表現されている。自分にどんな許しがたい罪があったとしても、自分はかけがえのない存在であって、ありふれた善人とは代わりたくない、というのであろう。この歌について、柳原白蓮が感想を書いている。「全くだと存じました。こんな強い歌は、つまり弱い女故で御座いませう」と。弱い女ゆえに、自身を強く持たなければ、世の中に立っていけない、ということであろうか。同じような意味合いの歌で、次の歌もある。

あきはてつうとみはつれど人の世の何にも代へん我と思はず

すっかり飽きて嫌になってしまった自分だけれど、この世の何かと代わろうとは思わない。廣子の、これらの歌は、また何と素直に内心を流露していることだろう。

廣子は片山貞次郎と結婚した当時は、駒込千駄木町のかつて森鷗外が住み、夏目漱石も住んで『吾輩は猫である』を書いた家に住んだが、二十七歳の時大森に移り住み、そこに二十年余り住んだ。その間に『翡翠』が刊行された。

その地は、後に「馬込文士村」と呼ばれた。現在、大森駅前には「馬込文士村」のレリーフがあり、廣子の肖像も彫られている。この大森の家から昭和十九年に武蔵野(下高井戸)の小さな家に疎開したのであるが、再び大森へはもどれなかったのである。

あけがたの雨ふる庭を見てゐたり遠くに人の死ぬともしらず

片山廣子の書簡より

廣子が大蔵省官僚の片山貞次郎と結婚することになった時、信綱は彼女の才能を惜しんで片山邸に出向き、結婚後も文学活動をさせるように頼んだという。しかしその後廣子は思う存分文学活動をしたとは思われない。廣子が四十二歳の時、貞次郎は病没した。その死の直後、廣子が結婚指輪を池に投げ捨てたという逸話がある。

こんな歌がある。


折々は知らぬ旅人ひとつやどにあるかと思ふつまとわれかな　（『翡翠』より）

二人の覚めた結婚生活を冷徹に詠ったものか。

夫の死の四年後、廣子は、軽井沢で芥川龍之介に会う。息子と娘を伴い、毎夏、軽井沢の「つるや」に滞在していた。芥川とはもちろん旧知の間柄であったが、廣子が寡婦となったこと、避暑地の軽井沢という環境、芥川の心理状態もあって（と筆者は勝手に推測する）、二人は急速に接近した。芥川の最後の恋人と、後世喧伝されることになる。

廣子は芥川に、おつきあいをしたい、と手紙を書き送っている。その積極的なのに驚かされる。彼女のスタイリストとしての哲学とは別に、短歌だけでなく、彼女の書くものには彼女の生来の奔放さが出ているように思う。書くものについては、本来の自分を裏切ることができなかったのだ。

芥川と廣子はその後、東京でも逢瀬を重ねたが、廣子の上流婦人としての一種とりすましたシニカルな態度は、芥川にとって魅力的であり刺激的ではあっても、彼の心を癒やすことはなかっただろう。彼は廣子とのつきあいが始まった三年後の七月二十四日に自殺する。その一ヶ月前、六月末に芥川は廣子の家を訪ねていた。
廣子は芥川の自殺を新聞記事によって知った。どれほどの衝撃であっただろうか。掲出歌は、その二週間後、山川柳子宛ての手紙の末尾に書かれた歌である。芥川が自殺した明け方、自分は何も知らず雨の降る庭を見ていた、というしんと静まり返ったような歌である。

来む秋も生きてあらむと頼みつつわれ小松菜と蕪のたねまく

片山廣子『野に住みて』

戦争中の昭和十九年、廣子は六十六歳になっていたが、大森の自邸から、杉並区下高井戸に家を購入して移った。「ほとんど硝子張りといつたやうなアトリエ風の小家で、雨戸も畳もなく壁はテックスだから、雨かぜの夜は武蔵野のまんなかで野宿して濡れしほたれてゐるやうな感じもしたが、私はわりに気らくで、一二年もすればまた大森の家に帰れる、これは疎開の家だという風に考へてゐた」(『野に住みて』「浜田山の話」)と廣子は書いている。しかし、その後大森の家は空襲で焼失した。そして翌二十年には、愛息達吉と弟の東作が病死した。廣子の悲しみはいかばかりであったろう。

掲出歌は、昭和二十九年、廣子七十六歳の時に刊行された歌集『野に住みて』に掲載された歌である。武蔵野の田舎に住み、そこで生きるために小松菜と蕪《かぶ》の種まきをしようというのである。初めての「労働」であったろう。家を失い、家族を失い、絶望のどん底に落ちて、おそらくは死を望んだこともあったであろうが、この歌には、そこを通り抜けた清々しい境地が見える。「来む秋も生きてあらむ」とは、やって来る秋も生きていよう、ということである。秋の収穫を期待して、おそらく春、種まきをしようとするのである。

次のような力強い歌もみえる。

老いてのちはたらくことを教へられかくて生きむと心熱く思ふ

明日のこと明後日のことは風のままにわが長き世をなほ働かむ

（『野に住みて』より　以下の歌もすべて）

もう貴婦人として身なりを取り繕う余裕もなく、窮屈な体面を保つ必要もない。「身を守る心」は、生きて食べるという命を守る心となった。「ちひさなる我がほこり」ではなく、もっと大きな人間としての誇りを手に入れたのではないだろうか。

次の歌は、そんな下高井戸の暮らしをしみじみ味わっているのがうかがえる。

子がうゑし芽生の楓そだちけりしみじみ愉し古き家《や》に住み

「子」は、仙台に嫁した娘の総子のことだろう。次の三首は楽しい。

砂糖ほしくりんごも欲しく粉もほしとわが持たぬものをかぞへつつをる

すばらしき好運われに来し如し大きデリッシヤスを二つ買ひたり

宵浅くあかり明るき卓の上に皿のりんごはいきいきとある

りんごが好きであったらしい。りんごが欲しいと願い、そのりんごを買うことができた嬉しさ、そのりんごをながめている愉《たの》しさを手離しで喜んでいる。子どものようである。
廣子はこの時、人生で最も解放されて自由だったのではないだろうか。

大いなる国難来《きた》る——戦争の時代

遠上つ代み船よせまし日を思ふ潮の八百会に丹雲にほへり

神のいくさ御船ゆおりて踏ましけむ真熊野の浜の此の白真砂

『山と水と』

昭和十五年、紀元二千六百年といわれた年に、信綱が熊野は新宮市を訪れた時の歌である。

神武天皇が上陸した地は佐野辺りであると信綱が考えていたことは、信綱が佐野でこの二首を詠んでいることからわかる。現在の佐野の近く、三輪崎に「神武東征上陸地」という大きな看板を見ることができる。

一首目の歌の意味は、遠い昔の世に、神武天皇が御船を寄せて上陸された日のことを思う、潮流の集まるところに赤い雲が輝いている、ということであろうか。この雲は朝焼けの雲であったろうか。二首目は、神武天皇の軍勢が御船から降りてお踏みになったであろうこの熊野の浜のまっ白な砂よ、か。「丹雲」の丹と、「白真砂」の白が印象的である。

「真熊野の浜」の「白真砂」とはどこであろうか。熊野市の観光パンフレットには、熊野古道中辺路の高野坂から眺め下ろした浜辺が絶景として写真に載っているが、この浜は「王子が浜」といって、佐野よりは北寄りの浜辺である。

観光案内所で、神武が上陸したと伝えられる佐野辺りの浜辺はどこか、と聞いたところ、高野坂の登り口の御手洗《みたらい》海岸を教えてくれた。そこは、神武が上陸の時に土着の部族の女族長ニシキトベを討ち、その返り血を洗ったとされる海岸らしい。神武上陸の神話に似合う雄大な浜辺であった。ただ白砂ではなく、灰色の石がごろごろしている。信綱の「白真砂」は脚色だろうか。一首目の「丹雲にほへり」といい、二首目の「白真砂」といい、視覚的にあまりに美しい。佐野から三輪崎にかけての海岸は、現在は干拓造成されて新宮港となっていて、そのほとりに黒潮公園があり、浜辺はないが、信綱が訪れた当時はまだこの辺りに白浜があったのかもしれない。

その佐野の地には、佐野王子の石碑と「神武天皇佐野顕彰碑」が海に向かって並んで建っている。顕彰碑の建てられた日付は「昭和十五年十一月」とあった。信綱が佐野を訪れたのは十月だから、この碑はまだ建ってはいなかったのだ。しかし工事中ではあったかもしれない。佐野の辺りの海岸は車道の下に見渡せたが、浜辺というような感じではなく、岩が目立つ荒磯であった。神武が軍を率いて上陸したのなら、こんな海岸が似合うとも思う。

茅草《ちぐさ》かる山人どちがものがたり征野《せいや》の子らの上なるらしき

『山と水と』

題詞に「山人を案内にて、ここかしこをめぐる」とあり、五首の歌が載っている。それらの歌より前には「信濃ここかしこ」という見出しがあり、次のような説明がある。

十六年の盛夏、例年のごと軽井沢万平ホテルに在り。「万葉集の研究」の校正に専念して十数日を過しぬ。たまたま一日を、小海線により、延山が原に遊ぶ。……

昭和十六年、太平洋戦争の勃発する年、信綱は七十歳であったが、八月、軽井沢でライフワークの万葉集の研究に専念していた。そんなある日、「小海線に乗り、延山が原に遊ぶ」とあるのは、現在は野辺山と表記するが、日本で一番高所の鉄道の駅として知られる小海線の、野辺山駅で降りて、土地の人の案内で逍遥したのであろう。

この「信濃ここかしこ」には、月見草を詠んだ美しい歌が何首かある。また白樺や萩や桔梗、山霧を詠んだ歌の数々があり、そして山人の営みのようすを詠ったのが掲出歌である。ちなみに、歌集のそれに続く見出し「白椿」には、戦死等で亡くなった知人や門人を追悼する歌が続く。

「茅草」の「茅」は、カヤとも読み、スゲ・ススキなどの総称である。信綱は、「延山が原」に、土地の人々が、「茅」を刈っている光景を見る。おそらく茅葺の屋根を葺くのに用いるためであろう。彼らが仕事の手を止めて話をしている。その声が風に乗ってかすかに聞こえてくるのであろうか。それは征野、つまり出征して戦地にいる息子たちの身の上を案ずる話であるらしい、というのである。

信綱は、国策に沿った勇ましげな軍歌や戦意を高揚させるような歌も数多く作っている。しかし、そのような歌は、どこか気負って自身を鼓舞して詠んでいるようなぎこちなさを感じるのは私だけであろうか。掲出歌のような、戦地に子らを送り出した普通の人々の気持ちに寄り添ったやさしい歌の方が、信綱らしい歌であるように思う。

『黎明』

元寇《げんこう》の後《のち》六百六十年大いなる国難来《きた》る国難は来《きた》る

この歌は、歌集『黎明』（昭和二十年十一月発行）のはじめの方に、「昭和十六年十二月作」という題詞とともに載っている。歌の後に次のような「追記」がある。

追記。十二月六日に読売新聞記者が来りて、近く重大なる発表あるべく、その日の新聞に載すべき歌をといふ。辞したれど聴かず、この歌と他に何首かをおくりしに、九日の朝刊に載せ、歌の前に大きなる白抜きの文字にて「国難来る国難は来る」と掲げありき。当時、相次ぐ捷報に、面ほてるここちせしが、今にしておもへば、国難のことばは、老歌人の杞憂にして已まざりしこと、嘆くにあまりあり。

この「追記」は、歌集刊行のときに書かれたものであると考えられるから、「今にしておもへば」以降は、敗戦後の感慨である。

「重大なる発表」とは、真珠湾攻撃、すなわち米英への宣戦布告の他にはなく、読売新聞がそのことをどれだけ事前に知りえていたのかどうか、歴史に疎い筆者にはわからないが、何らかの情報を掴《つか》んでいたからこそ二日前に、信綱にそれにふさわしい歌をと頼んだのであろう。とすれば、信綱もそのことを知らされたに違いない。

そして、真珠湾攻撃の翌日の十二月九日の朝刊に、「國難來る、國難は來る」という白抜きの見出しとともにその何首かの歌が載ったという。当時の新聞を見ると信綱の写真入りである。そのときの信綱の心は高揚していたことだろう。その時点で信綱が敗戦を予見し恐れていたとは思えない。しかし、「追記」には、「国難のことばは、老歌人の杞憂にして已まざりしこと嘆くにあまりあり」とあり、杞憂（怖れ、心配）では終わらなかった、つまり怖れていたことは現実となった。と書いているのである。「国難のことば」とは、やがて敗戦を喫することを意味するかのようである。

「国難」を辞書で調べると「国家の存立にかかわる危難」とあるが、戦時中は、国民の危機意識を高めるために、よく政府が用いた言葉であったようだ。つまり、掲出の歌は、六百六十年前の元寇にも匹敵するような、国の命運を左右する重大な時局に今こそ立ち至った、という意味で、国民は一致団結して奮起すべしと、当時国民の戦意を大いに煽《あお》ったことは間違いがない。だからこそ、読売新聞はこの歌を掲げたのである。

戦後十四年目、昭和三十四年に、八十八歳の信綱は『作歌八十二年』の中で、昭和十六年十二月の項にこの歌を挙げ、再び「終戦の後おもえば、この国難来るのことばは、老歌人の杞憂にして已まなかったこと、嘆くにあまりある」と書くのである。私には後付けの言い訳のように聞こえてしまう。

信綱は、皇室を中心に連綿と続いてきた和歌の継承者であり、研究者であるから、当時は大いなる「臣民」たるにふさわしい歌（掲出歌も含めて）を詠むのが当たり前であったのだろう。歌集には載せられていない、戦争に協力する数々の歌を詠んでいるし、軍歌も作っている。

歌集『黎明』の、掲出歌のすぐ前には「若人に示す」と題して、若者の奮起を促す歌が十首ほど乗せられている。その十首目の歌は次のようである。

今あらたに興る皇国《みくに》の黎明《しののめ》に雄々しく立たむ若人を見よ

筆者は始めこの歌を読んだ時、この歌が掲出歌の前に置かれていること、その「皇国」などの言葉遣いや全体の調子から、戦中に詠まれた歌かと思ったが、そうではなく、戦直後に詠まれた「若人に示す」歌であった。歌中の「黎明」は歌集の題である。この歌のみならず、十首の歌はすべてこんな調子で、戦争に向かう若人を鼓舞するかのような調子である。信綱に於いては、戦後の百八十度転換した価値観はあまり意味がなく、歌の言葉や調子は戦前戦中と変わらないのである。

幸綱氏はその著書『佐佐木信綱』の八章の「敗戦、そして『黎明』の刊行」のところで、敗戦を嘆く信綱の歌を五首挙げた後、次のように述べていられる。「このような〈歎き〉の歌と、いっそうの〈道〉への執着をうたった歌とが、信綱における敗戦の歌なのであった。自省の歌や悔恨をうたった歌がないのが特色である。これに対しては賛否両方の見方が可能であろう。ただ、信綱の側からすれば、自分は一筋の〈道〉を歩いて来たのであり、これからもそうするつもりだ、と言う以外、言うべき何ものもないのだった。その意味で、この七十四歳の老歌人は、敗戦という現実をまさに現実として受けとめることはもはやできなかったのだ、というべきなのかもしれない」。

筆とりゐし歌稿をおきて物がたり又もみ國の運命《さだめ》にうつる

友黙し我ももだして丘の上の三もと老樟の夕ばへ仰ぐ

坂路下る友の姿を見まもりぬ又逢はむ日はいつの日ならむ

『佐佐木信綱　作歌八十二年』

この三首は、終戦間近の昭和二十年七月二十一日、門人の下村海南が熱海西山の信綱の住居を訪れた時に詠まれたものである。この時、海南は「歌集の原稿を携えて」来訪したという。

海南は当時の鈴木貫太郎内閣に於いて国務相兼情報局総裁という要職にあり、一カ月後の終戦に際しての玉音放送を実現に導いたのはこの人であるという。『作歌八十二年』には、海南はその後、「『終戦記』に俊成忠度に擬して、西山歌の別という文詞を掲げ」たとある。『終戦記』とは、海南が在内閣中のメモをもとに書いた終戦時の記録である。

『平家物語』に「忠度《ただのり》の都落ち」という有名な話がある。都落ちする平忠度《たいらのただのり》が途中で引き返してきて歌の師である俊成《しゅんぜい》の屋敷を訪れ、持参した自らの歌を書き留めた巻物を俊成に託し、今後勅撰集が選ばれる時には一首でも入れていただければ生涯の面目である、と言い置いて去ってゆく、という話である。海南の言う「俊成忠度に擬して」というのは、その状況と、海南が絶望的な時局の中で、自らの歌稿を携えて師の信綱を訪ねるという場面を重ねたのである。信綱が俊成、海南が忠度というわけである。忠度は都落ちの平家軍に取って返し、一の谷の戦いに果て、再び師の俊成にまみえることはなかった。海南も死を覚悟して、師信綱のもとを訪れたのであろうか。

戦後『終戦記』を補完する形で書かれた『終戦秘史』の中の「熱海西山歌の別」から引用する。

大正四年春、竹柏園の歌の道が私の前に開かれてより、園主佐佐木信綱博士指導のもとに早くも三十三年の歳月が流れている。

恩師が熱海西山立石なる凌寒荘に疎開されてより、心ならずもご無沙汰をしていたが、空襲ますますはげしく、今日あるを知って明日を知るあたわざる時局下のあわただしき中に、身辺ますます多事なるとともに、心境の静けさを保ちうる歌悦の恵みに感謝しつつ、今さらに先生をしのぶこと日にますます切なるものがある。（中略）眼をつぶっていると、ふと都落ちの時に師俊成のもとに別れをつげ、歌草をたくしたる平忠度、その歌の中から千載集《せんざいしゅう》に読人不知《よみひとしらず》としてのこされし、

ささなみや志賀の都はあれにしを昔ながらの山桜かな

の故事が頭に浮かんできた。

今日の熱海行きは恩師への今生の別れとなることか、我が歌草の中にとりいでて残さるべきものありやなしやなど、くさぐさの空想にふけるうち、いつのまにか熱海へつく。

（講談社学術文庫より）

歌に親しんだ人らしく、当時の政界の人の文にしてはやわらかな文章である。海南は「体はゴルフで鍛える、心は歌で養ふ」と常々語っていたという（『明治大正昭和の人々』）が、戦時下の厳しい状況のなかで「心境の静けさを保ちうる歌悦の恵みに感謝しつつ」とあるのが、印象深い。

掲出の三首をその文脈の中で読むと、

第一首、海南の訪問を受けた信綱は、筆を執っていた歌稿を置いて話し始めるが、その

話はすぐに存亡の危機を迎えている国の運命の話に移ってしまう。「又も」で、それが何度も繰り返されて、二人の頭から「み國の運命」が離れないのがわかる。

二首目、そして、海南は黙り込み、信綱も黙ってしまう。目を上げて丘の上の三本の老樟の夕映えを見上げる。その「夕映え」は凋落《ちょうらく》する日本の予兆に見えたかもしれない。

三首目、信綱のもとを辞し、坂路を下ってゆく友海南の姿をしばらく見守る。又逢う日はいつだろうか。『平家物語』には、「三位（俊成）うしろを遥《はるか》に見おくって、たゝれたれば」とあるが、信綱も俊成の心になって海南を見送っただろうか。

串本町潮岬の本州最南端の広々とした芝生に、海を背にして立つ海南の胸像と歌碑があると知り、出かけたが、その四年ほど前に海に面して「潮風の休憩所」なる建物が建って、その建物の手前に胸像と歌碑は移設されてしまったので、背景に海は見えない。歌碑の海南の歌は、

春寒み野飼の牛も見えなくに潮の岬は雨けむらへり

信綱の「潮岬」と題詞のある歌を挙げておく。

大草原海にかたぶく片崖《ぎし》に黙黙として草はめる牛

（『山と水と』）

筆者の行った日は晴れていて、どこまでも大海原が広がっているのが見られた。

赤くこげし焦土の中ゆところどころはつはつに芽ぐむ青葉の光

下村海南『終戦秘史』

「西山歌の別」にある海南の歌を挙げた。この歌は、海南の説明によると、「たまたま八雲書房は恩師をはじめ十二人よりなる新日本歌集の発刊をくわだてることとなり、私もその一人に選ばれた。私は空襲のサイレンを耳にしつつ、寸暇をさきて歌草をとりまとめた」。そして掲出歌を含む二首が置かれ、「こうした歌にちなみ、歌集に題して蘇鉄《そてつ》と名付けた。その歌稿を手にした私は、七月二十日土曜日大本営定例の軍部と外務の報告を聞き、情報局と内閣の用務を片付けて、午後大阪行の汽車に乗る。客車中央部にからくも座席を得たが、すしづめとなりし群衆は左右の出入口をせかれて、私の座席の窓は飛び出し、すべりこみの非常口となり、老若男女の別もなく、まず次から次へと私のひざ頭がすべり出す人たちの踏切台となる。しょうこともなく、なるがままに往生観念し、眼をつぶっているとその当……」と続き、ここから先に挙げた俊成忠度の故事が海南の頭に浮かぶのである。その当時の電車の込み合った状況など克明に描かれていて、興味深い。
掲出歌は、やわらかな古語を用いて、空襲下での植物の生命力を詠んで、自然というもののありがたさを読む者に感得させる秀歌だと思う。「はつはつに」は、ほんのわずかに、かすかに、の意。この歌から歌集の題を『蘇鉄』とつけたという。蘇鉄は強健な植物として知られ、九州南部には自生するが、本州各地でも植栽可能である。「蘇鉄」という名前は、枯れかかった時に鉄クギを打ち込むとよみがえるという伝承に由来するという。痩せ地でも生育する。そうしたことからの命名であろうか。寺田寅彦が『柿の種』という随筆で、震災の焼け跡に、三、四日経つとしゅろ竹や蘇鉄が芽を吹いたと書いている。
もう一首の歌を挙げる。

焼かれても焼かれても青き芽を吹きてよみかへりよみかへり生きぬく力

この歌になると、植物のたくましさから、人間のたくましさへのエールも感じられるが、やや表現がくどく感じられる。掲出歌には及ばないと思う。

梅雨に過ぎて頻《し》きふる今宵なり「テニヤンの末日」よみつつふけぬ

『作歌八十二年』の昭和二十四年、信綱七十八歳の六月の条に「折々の歌」として載っている。しかし、昭和二十六年刊の歌集『山と水と』には、初句が「五月雨に」とあり、この方が五音で調べとしては整っている。昭和三十四年刊の『作歌八十二年』で、なぜ「梅雨に」としたのか。信綱は日記をつけず、克明なメモによって『作歌八十二年』を書いたというから、そのメモにあった元の表現に戻したのであろうか。

『テニヤンの末日』は、テニヤン島での玉砕を若い軍医の目を通して描いた中山義秀の短編小説である。「テニヤン」は太平洋戦争の激戦地で、サイパンの南四キロにある島である。サイパン島の中継地であったが、主人公が島に赴任した時、防備の準備ができていないまま初めて米軍の急襲に遭う。その後、別の部隊に属していたかつての学友であった軍医が赴任し、テニアン島で奇しくも旧交を温める。二人は「読書と珈琲と音楽」を愛する当時一級の知識人であったから、基地の上官とは軋轢もあった。

基地は、迫りくる米軍の大艦隊の猛攻に対して抵抗するすべがない。司令部は自分たちだけ脱出しようとして失敗する。度重なる爆撃で基地は廃墟同然になり、潜む場所も失い、皆ばらばらになり、主人公は暑熱と渇きの中で移動を続けるが、途中で友の戦死を知り呆然とする、というところで終わっている。

この小説が書かれたのは昭和二十三年で、二十四年に刊行されている。信綱が掲出歌を詠んだのはその二十四年である。

体験をもとに書かれた戦争文学の代表作、大岡昇平の『野火』が発表されたのは昭和二十六年であるが、原民喜の『夏の花』は、昭和二十二年に発表されている。二十四年に刊行された『テニヤンの末日』は、戦後もっとも早い時期に刊行された戦争文学の一つであろう。信綱はこれらの小説を逸早く読んでいたに違いない。

歌の意味は、梅雨の降りしきる今宵、『テニヤンの末日』という小説を読みながら夜が更けてゆく、と事実だけを並べる。どんな思いが信綱の心に去来していただろうか。彼には、太平洋戦争に対するいろいろな思いがあったであろう。掲出歌の後には次の歌が載っている。

よみをへて「末日」を思ひ今を思ひ憂いは深し雨の音やまず

小説を読み終えての感慨である。『末日』に描かれた極限の人間の心理状況、凄惨な戦場の場面、それを思い、そして戦争が終わり、「平和」になった今を思い、憂いは深く、降り続く梅雨の音は止まない。梅雨の音は「憂い」と一体であっただろう。

筆者も『テニヤンの末日』を読んで、二〇二三年の今の世界の状況を思い、まさに憂いは深まるばかりである。小説の冒頭で、生還した主人公がこう回想している。「サイパン、テニヤンの陥落から丁度五年目になる（中略）人間の凄まじい体験や恐ろしい記憶も同じようにして時日とともに遠ざかり薄れてゆく」。小説を読んだ信綱も同じように感じたであろうし、薄れさせてはいけないとも思ったであろう。

小説で、爆撃がまだ激しくない頃、若い二人の軍医は将来を語り合った。「人類は今度こそ戦争に懲りて、永久の平和を講ずるようになるであろう。そのためには漸次国際的な世界国家の成立を考え、その理想にむかって進むようになるであろう。ぜひそうなくてはならぬ、そうなってほしいというのが二人の一致した念願だった」。しかし、世界はそうならなかった。原爆が投下された後、幣原首相は、被爆した日本こそ率先して軍備を放棄し、世界の戦争廃絶を進めなくてはならないと考え、平和憲法を構想し、百年後に戦争が廃絶されることを望んだが、その百年後が目の前である今、ロシアのウクライナ侵攻は収まる気配もない。

しかし、『テニヤンの末日』のような小説を読むと、私たちは、八十年前の戦後のように、平和への気持ちを新たにすることができる。信綱の歌の意味は、常に戦争の事実を記憶にとどめ、心に持ち続けて平和を希求しなくてはならない、ということだと思うのは深読みしすぎであろうか。

思ひは思ひを生み歎きは歎きを積み、ふか夜こほろぎ

『山と水と』

終戦後間もないころの信綱の歌である。四、六、四、六、七という音数である。信綱には破調の歌が多いし、破調を奨めていた節もある。が、これはまた極端な破調である。信綱にとって、敗戦は大変な衝撃であっただろう。その心に受けた痛手の深さが、この歌の破調を生んだと思う。

四句まで、思いはさらに思いを生み尽きることがなく、歎きは積み重なる、と詠み、その後、ため息のように読点が打たれ、気がつけば深夜の静寂にこおろぎの声が聞こえる、で余韻を残して一首は途切れる。こおろぎの音《ね》という、いつの世にも変わらぬ自然の営みが信綱の心を慰めたであろうか。

多くの人々が、おそらく同じような悲嘆を重ねつつ、夜の静寂《しじま》を耐え忍んだのであろう。人間の愚かな行為の果てに、こおろぎが静かに鎮魂の歌をうたっている。象徴性を持った歌である。

ふと思ふ我が名書けずになりてより幾月ならむ文字のかきたし
とこやみの夜半にめざめて我が名など指もて書けり盲《めし》ひし吾は

一等兵　西塔高記『盲人歌集』

二〇一九年の信綱顕彰歌会で、信綱の曽孫、佐佐木頼綱氏が「『戦盲』にまつわる人と作品」という題で講演された。その中で紹介された元兵士の歌である。「戦盲」とは、辞典によれば「戦傷が原因で失明すること。また、その人」とあり、信綱はそうした人々に作歌の指導をして歌集を作っていた。

その歌集の一つ、昭和十八年四月に刊行された『盲人歌集』を読んだ作曲家の越谷達之助が感動し、その中から十首を選んで曲を付けた。昭和十九年のことだが、その曲は長く埋もれていて、昭和五十二年になって日の目をみたという。その中の二首を、顕彰歌会の会場で、頼綱夫人のオペラ歌手薫子さんが歌ってくださった。それが掲出歌である。

一首目は、視力を失って自分の名も書けないようになってから幾月がたっただろうか、文字が書きたい、とふと思った。二首目は、盲人となった自分は、永遠の闇の中で夜半にめざめて、自分の名などを指で書いた、というのである。目が見えなくなっても「我が名」を書きたいと欲し、闇に閉ざされながらも、指で自分の名を書いたと詠む。歌は言葉を紡ぐことであり、言葉は文字と切り離せないものである。その意味で二首は「戦盲歌」の象徴的な表現であるようにも思う。

『作歌八十二年』の昭和十三年九月の項に、信綱は、「臨時東京第一陸軍病院に、伊藤嘉夫君と共に隔週作歌指導し、万葉集を講じた」、そして、「これは百回以上つづいた。その間に傷病兵諸君の真情のこもった力強い作品をあつめて、伊藤君と合編の傷痍軍人聖戦歌集、及び、御楯、失明軍人歌集戦盲及び心眼を刊行した」と書く。そして自作の四首の歌を載せている、その中の一首。

　　みとりめに手ひかれ歩みく戦盲のおも朗《ほがら》かに曇れる色なし

看護婦に手を引かれて歩いてくる失明した兵士の表情は朗らかで曇っている様子はない、というほどの意味。信綱らしい前向きな歌である。

筆者の脳裏には、信綱が二十七歳の四月、竹柏会第一回大会で、高らかに詠みあげた一首が浮かぶ。

　　願はくはわれ春風に身をなして憂ある人の門を訪はばや

傷痍《しょうい》軍人に対する作歌の指導や講義こそは、若き信綱が志した理想の実践の一つではなかっただろうか。この講義が、六年間、百回以上も、休まず開かれた所以《ゆえん》であろう。

友をおもふ　友ははろけし――心友　新村出

ゆのさとの初春の日のうららけさはねつくおとにましる琴のね

『佐新書簡』

佐佐木信綱の新村出に宛てた書簡集『佐新書簡』の、「一九一三年　大正二年」の項の一月十三日の消印のある書簡にみえる歌である。文面は次のように始まる。（カッコ内は森谷の註）

くれの雪御地はいかゝ　東京は未（まだ）庭にのこりをり候　三日より十日まであたみ辺こゝかしこまゐりゐ候　梅三四分のさかりにて大湯のわくおとものとか（のどか）に候

そのあとに掲出の歌が書かれている。「くれの雪御地はいかゝ」とあるから、暮れに東京ばかりでなく、新村の住む京都にも雪が降ったのであろう。そして信綱は年を越して三日から十日までを熱海で過ごしたのだ。晩年には熱海に住んだが、この時は西片町に住んでいて、正月を熱海で過ごしたのである。初句の「ゆのさと」は、したがって熱海のことであり、うららかな日に羽根を突く音がして琴の音も混じるといういかにも正月らしい風情が詠まれている。

この封書の前には、大正元年の九月十九日の消印の封書があり、それには「乃木大将の事十四日朝の新聞をよみおどろき申候」と書かれている。その同じ書簡に「梁塵秘抄」のこと、「信友の業平年譜」のことなども書かれていて、古典籍を研究する者同士の学問上の情報交換などをしている。二人は、学問の友でもあり、心の友でもあった。

掲出歌の書かれたかなり長い書簡の後には一週間も経ずに、「昨年の雪未とけす寒さたへかたく候」と始まる葉書を送っている。信綱の葉書には「寒さたへかたく（耐えがたく）」という言葉がよく出てきて、信綱は寒がりであったようだ。

友をおもふ　友ははろけし　窓あくれは　高槻かうれに　月の　しづかなる

『佐新書簡』

『佐新書簡』の昭和十九年九月五日の消印の書簡の冒頭に、この歌が六行の散らし書きで書かれている。いわゆる挨拶歌である。

「窓あくれは」は、窓を開けると、「高槻かうれ」は、高槻（欅《けやき》の大木）の梢、の意味である。一首の意味は、あなたを思い出しているが、あなたは遥か遠くにいる。窓を開けると、欅の大木の梢の辺りに月が静かに出ている、くらいか。当時、新村は京都在住であった。空の月を見上げながら、きっと今ごろは京都であなたも同じ月を見上げているであろうか、とでも言いたげである。心憎い歌である。

この書簡集の序文で幸綱氏が、信綱が「長生きすると友人がいなくなって困ります。今はもう友人は新村さんぐらいしかいなくなりました」と言っていたと書いていられる。信綱は八十代の半ばぐらいだったという。掲出歌の書かれた封書が出された昭和十九年九月は、信綱は七十三歳であった。その当時は東京から京都に行くのに一日かかった。これより前、大正十二年の書簡には、こんなことが書かれている。

東京と京都と一日のへたゝりあるが残念に候　大丈夫安全の飛行機が出来て　夫人曰くどちらへ　主人曰く一寸夕飯前に夷川の新村さんへ行きます　お風呂は帰ってからにといふぐあひになるとよいがと存候

「夫人」と「主人」の会話が絶妙である。夕飯前に京都へ出かけ、お風呂の前に帰ってくるなどと夢のようなことを書いている。茶目っ気たっぷりな文章である。ちなみに信綱は子どものころ、船に乗って暴風雨に遭って怖い思いをした経験から、大洋を航することに臆病になり、海外旅行をあきらめたというが、「大丈夫安全の飛行機」というところに、その臆病さがちょっと表れているように思う。

さて、掲出の九月五日の書簡の挨拶歌に続く手紙の文は次のようである（カッコ内は森谷註）。

旧七月十四夜十五夜共に実によき月にて　夕方よりながめ居つゝ御近からは（ば）御たつね申し此比（このころ）のむねにとゝこほり居候事とも御聞願ひたくと存候事に候

もし近くにいたならば、あなたを訪ねて胸中に滞っていることを語り合いたい、というのである。しんみりと優しい文面である。

吾はもよよき画をみたりをち水に笑める博士のよき画をみたり

『佐新書簡』

『佐新書簡』に、おもしろい歌が載っていた。昭和二十三年五月三十日付の新村出への葉書である。「看アサヒグラフ5月19号有感」と断り書きがあるから、アサヒグラフに新村博士の写真が掲載されたのであろう。それを見て、冷やかし半分に戯れ歌を詠んだのであろう。信綱の茶目っ気と、二人の親密さを表すものとして興味深い。

この歌は『万葉集』にある「我はもや安見児得たり皆人の得がてにすといふ安見児得たり」という歌を下敷きにしている。「安見児」とは、奈良時代の采女で、この歌の作者藤原鎌足が天智天皇から下賜された女性である。この万葉ぶりのおおらかな喜びの歌に重ねて、「私は何と！　よい写真を見ましたよ。をち水（変若水）に向かって笑っている新村博士のよい写真を見ましたよ」と詠んだのである。

その写真は、どんな写真であったのか。古い「アサヒグラフ」を手に入れることができた。「南ばんの名残」という見開き二ページの企画で、「企画・構成・記事　文学博士　新村出氏」とある。京都を中心としたキリシタンゆかりの十葉の写真が掲載され、記事によれば、「今年は、ザベリオ聖人が一五四九年に南蛮船で渡来してから正に四百年になる」と始まり、「われらのポント町は南蛮語であり、吉利支丹との縁が尽きない。サンタマリア」で終わっている。そのポント町を行きずり（？）の和装の若い女性と歩くにこやかな新村氏の写真が載っている。歌の中の「をち水」とは「変若水」と書き、若返りの霊水という意味だ。信綱の歌の意味も納得、読むほうもニンマリとしてしまう。

この葉書の宛名、署名がまた振るっている。

「藤原駿河麿大人記室　源伊豆麿」

新村は、十二歳の時に、新村猛雄の養子となって静岡で少年時代を過ごしたから、それで「駿河麿」なのだろう。「大人《うし》」は敬称で、「記室」は気付に同じである。一方、信綱は佐々木盛綱の子孫と名乗っているから、源氏であり、熱海に住しているから「伊豆麿」であるわけだ。新村が「藤原」なのは、養父新村氏が徳川氏とつながりがあり、徳川氏は藤原氏と称することもあったからか。

五条三位東常縁古人のよはひにちかき春にあひ得つ

「佐佐木信綱研究」

「佐佐木信綱研究」12号に、『佐新書簡』刊行後発見の信綱の書簡が載っているが、そのなかに昭和三十六年、信綱九十歳の年賀状があり、掲出歌が見える。その年賀状の全文を、左に挙げる。

新　年　御　慶　申　上　候
向つ丘《を》の杉生かがよひ山庭の老《おい》梅ひらき年を迎ふる
数へ年九十の齢をむかへて
五条の三位東《とうの》常縁古《ふる》人のよはひにちかき春にあひ得つ
「明治大正昭和の人々」一巻をものして
命なり嬉しかりけり明治大正昭和よき人々に我《わが》あひえたる
昭和三十六年一月一日

掲出歌の「五条三位」は、藤原俊成のことで、御子左家《みこひだりけ》の歌の祖であり、定家の父である。俊成は長命で、九十賀の宴を後鳥羽上皇に賜り、その翌年九十一歳で没した。また「東常縁《とうのつねより》」は、室町末期の武将であるが、二条派の歌人として知られ、宗祇に古今伝授を行ったことでも知られている。九十四歳で没したと言われる。その二人の歌の道を受け継ぎ、また長命にあやかって二人に継ぐ齢を迎えられたという信綱の感慨を述べた歌であろう。

この前の年、信綱は「自伝三部作」と呼ばれる最後の『明治大正昭和の人々』を上梓した。明治大正昭和を生きてきて、九十歳を迎える節目の年に、多くの人々との出会いを振り返り、その人々との交流を記しおいたのである。

なお年賀状の最後の「命なり」は、西行の次の歌を念頭に置いているのではないだろうか。


年たけてまた越ゆべしと思ひきや命なりけり小夜《さよ》の中山　（『新古今和歌集』羇旅）

歌意は、年を経て再び小夜の中山を越えようとは思っただろうか（思いもしなかった）、命長らえたからこそであるよ。

「小夜の中山」は都から関東に抜ける難所の峠で、歌枕としても有名な地である。西行は、若い時にこの峠を越えて奥州へ向かい、晩年の六十八歳の時、再びこの峠を越えて勧進のため奥州に赴いた。命あればこそ、またこの地を越えることができるのだなあ、と命のあることの有難さ、また不思議さを「命なりけり」と詠歎した。

西行は、信綱の最も敬愛したいにしえの歌人であるが、彼は残念ながら七十三歳で没した。俊成、常縁に触れながら、西行に言及しないのは忍びなく、「命なり」と、命の有難さを詠歎する一句を西行の歌から取ったのではないだろうか。

悲しともいたましともことのはにつきぬ涙のやまぬ朝かも

新村出

信綱は昭和三十八年十二月二日に、急性気管支肺炎のため九十一歳で亡くなった。掲出歌は「心の花」の信綱追悼号に載った新村の弔歌である。新村は、日記「愛老日録」の十二月三日の条に、新聞紙上で信綱の死を知ったことを書き、「流涕とゞめあへず、一首即吟せし哀悼歌を電送す」と記している（「佐佐木信綱研究」10号より引用）。掲出歌はその弔電挽歌である。

同じ日の朝日新聞に載った五島美代子の文章によれば、「先生はおみ足こそ不自由でも、未だにベッドの上に机をすえて日夜学問に、作歌に精進なされていた」という状態だったから、悲報は突然で、新村の驚きと悲しみは大きかったであろう。

信綱と新村の交友は長く、学究の友でもあり、心の友でもあった。五十八年間に千四百余通の書簡が交わされた。そのうち信綱の発信した五百七十四通は翻字されて『佐新書簡』として刊行された。それによると、信綱の新村宛の最後の書簡（葉書）の日付は、死の八日前、十一月二十四日である。奇しくも同じ日に新村も信綱に葉書を出している。十二月三日の朝の新聞紙上で信綱の死を知った新村は信じられなかったことであろう。

弔歌は、ありふれた言葉の連なりのようであるが、その調子のややたどたどしいところまでも、新村の心の切なさ痛々しさが読む者の胸に迫る。「いたまし」とは信綱の死を受け止められない新村の心のありようそのままであろう。なお「ことのは（言の葉）」に「つきぬ」は、言い尽くせないの意で、そのまま尽きない「涙」にかかっていく流れである。

新村出は、信綱より四年遅れて生まれ、信綱の亡くなった四年後に亡くなっている。終生の友であった。

あとがき

佐佐木信綱は、満四歳で父弘綱から『万葉集』『山家集』等を与えられて暗唱し、五歳で初めて歌を詠み、八歳で婦女子に古典の「講説」をするという早熟ぶりであった。子どもも時代の信綱は同年代の子どもたちと遊ぶ暇などなかったのである。成人して、時間を惜しんで飲酒を控えたのと同様に、子どもらしい遊びをする暇はなかったのである。もし彼が普通の子どもの時間を与えられたなら、きっと他の子どもたちを率いて先頭に立って遊んでいたのではないかと思う。彼は人の能力を見極め、人を束ねる能力を持っていたから。『常盤木』は、大正十一年信綱五十歳の年に出た歌集であるが、そこに次のような歌が載っている。

うぶすなの秋の祭を見に行かぬ孤独の性《さが》を喜びし父

「うぶすな」は「産土神」のことで、信綱の生家のすぐ近く、小学校のほとりにある大木神社のことである。境内には現在信綱歌碑が建っている。

月ごとの朔日の朝父と共にまうでまつりし産土《うぶすな》のもり

毎月の初めに、父と詣でた神社である。近所の子どもたちの遊び場であったろう広い鎮守の杜があった。その神社の秋祭は、湯の花神事や獅子舞などもある賑やかな祭で、娯楽の少ない当時は子どもたちには大きな楽しみであったはずである。その大木神社の秋の祭を信綱は見に行かなかった、「孤独の性《さが》」ゆえに。その「孤独の性」を父は喜んだと信綱は詠んでいる。父が喜んだのは、信綱に遊びよりも歌道への精進を望んでいたからであろう。

おそらく、信綱は父の期待を身にひしひしと感じていたので、それに沿うように振舞ったのであろう。「孤独の性《さが》」を演じたのであろう。むろん父から教えを授かることは信綱にとって何よりも喜びであったのは間違いないが、子どもらしい遊びに興ずることが出来なかったことはやはり淋しかったに違いない。父は子の淋しみには気づかなかったのであろうか。あるいは、気づいていて、それを耐忍して勉学に励む信綱の健気さを愛したか。しかし、信綱の心の中には、その時の鬱屈した思いが『常盤木』でこの歌として結晶するまでに巣くっていたのである。

そうして、父の指し示す道をひたすら進んだ信綱にとって、父に評価され、父を凌ぐほどの業績を上げることこそが、生きる喜びとなったであろう。信綱が時間を惜しんで詠歌や研究に勤しんだのは、父を超えようとしたからである。三十歳の時には次の歌を詠んだ。

牛を追ひ牛を追ひつつ此の野邊にわが世の半はやすぎにけり

父は六十四歳で亡くなった。もう父の寿命の半《なかば》を越えてしまった、と嘆息しているのである。そのとき彼は自らの寿命が卒寿を越えるなどとは思っていなかったであろう。父の指し示す大いなる道をひたすら進み、父を超えようと、常人には真似のできぬ努力を自らに課したのではないだろうか。

それでも私の脳裏にある信綱は、謹厳であることはもとより、常に穏やかで優しさに満ちていて、機嫌のいい、面倒見のいい紳士である。私が、不機嫌な表情の信綱に出会ったのは一度だけ、若いころの「観潮楼歌会」での鉄幹とのやりとりに関わるものであった（一五二、一五三ページ参照）。

思うに、信綱は、「研究」に根を詰めて、「作歌」でその心をほぐしていたのではないだろうか。夏目漱石は、小説を書くのに倦んだり行き詰まったりした時、つまり精神状態が悪くなったとき、よく漢詩を作ったという。漢詩は平仄など煩瑣な決まりがあって面倒なものだと思うが、漱石には若いころから慣れ親しんだ余技であった。信綱にとっても短歌は幼いころから慣れ親しんだものであった。この言わば文学的二足の草鞋で、二人の偉大なる個性は、精神の安定をはかっていたのではないだろうか。それでも漱石は五十歳になる前に胃潰瘍による大出血で人生を終えたが、信綱は九十一歳の齢《よわい》を全うした。まさに人生の達人である。

私を信綱に引き合わせてくださった市川琢也先生、「今月の短歌」の執筆を促してくださった故加藤正美先生に深く感謝する。

二〇二三年七月

森谷　佳子

参考資料

『佐佐木信綱全歌集』　ながらみ書房
『短歌入門』　佐佐木信綱　集文館
『佐佐木信綱　作歌八十二年』　佐佐木信綱　日本図書センター
『ある老歌人の思ひ出』　佐佐木信綱　朝日新聞社
『明治大正昭和の人々』　佐佐木信綱　新樹社
『評釈萬葉集一』（『佐佐木信綱全集一』）六興出版社
『佐佐木信綱文集』　佐佐木信綱　竹柏会
『佐佐木信綱』　佐佐木幸綱　桜楓社
『佐新書簡』　竹柏会心の花
『萬葉集一～四』（新日本古典文学大系）岩波書店
『橘曙覧全歌集』　岩波文庫
『逍遥遺稿』　中野逍遥　岩波文庫
『楞伽窟《りょうがくつ》歌集』　釈宗演　東慶寺
『遅速あり』　三枝昂之　砂子屋書房
『昭和短歌の精神史』　三枝昂之　本阿弥書店

『終戦秘史』　下村海南　講談社学術文庫
『野に住みて』　片山廣子　月曜社
「佐佐木信綱研究」　佐佐木信綱研究会
「泗楽」　四日市郷土作家研究会泗楽会

著者プロフィール

森谷 佳子（もりや よしこ）

1950年愛知県生まれ。
名古屋大学文学部卒業。
愛知県立高校、その後、三重県立高校に勤務。
2010年退職。
三重県鈴鹿市の佐佐木信綱顕彰会のＨＰに「今月の短歌」を執筆。

さくなげの花の上に高く舞ふ 佐佐木信綱の短歌をたどる

2023年10月15日　初版第１刷発行

著　者　森谷 佳子
発行者　瓜谷 綱延
発行所　株式会社文芸社
〒160-0022 東京都新宿区新宿1－10－1
電話 03-5369-3060（代表）
03-5369-2299（販売）

印刷所　株式会社エーヴィスシステムズ

©MORIYA Yoshiko 2023 Printed in Japan
乱丁本・落丁本はお手数ですが小社販売部宛にお送りください。
送料小社負担にてお取り替えいたします。
本書の一部、あるいは全部を無断で複写・複製・転載・放映、データ配信することは、法律で認められた場合を除き、著作権の侵害となります。

ISBN978-4-286-24173-9